横浜カラス

— 二つの自由について —

小論集 — COVID-19 対処法・予言を含む —　横浜カラス — カラス戦争 — に寄せて
熱　海 — ショートストーリー —

サハラテツヤ 著

ブックウェイ

横浜カラス―二つの自由について―　目次

揺らぎ　7

鼠と烏　17

栗鼠とハクビシンとキョン　27

キョンについて　32

横浜カラス―カラス戦争―　33

小論集―COVID-19対処法・予言を含む―　横浜カラス―カラス戦争―に寄せて　39

自由と社会と烏　―コロナ問題について―　40

新型コロナウイルス感染症について　―二つの自由について―　43

フリーダムとリバティ　46

自由について　47

山口良忠判事事件とアンデス山中飛行機遭難事件　48

人民共和国　➡　人・民・共・和・国　51
会食について　52
換気設備について　54
「ギーヨ」・「京都の上に雪が降る」　56
近現代法が成立するまで　60
民主主義と個人の自由　―パリサイ派について―　61
個人の自由と社会　62
公権・私権・民主・大衆・衆愚・ポピュリズム・止揚　63
熱海―ショートストーリー―　67
カラス　68
アオッチ　72
ツバメ　74
カモメ　76
鳩　77
鴨　79
鴫　―しぎ―　81
トンビ（一）　82
トンビ（二）　84

セキレイ　89
イソヒヨドリ　90
ハトとカラスとカモメと猫と　92
トンビとカラス　―釣り―　95
ホタル　100
古希と水平線と　102
白鳥飛来伝説（一）　105
白鳥飛来伝説（二）　107
白鳥飛来伝説（三）　108
白鳥飛来伝説（四）　112

「横浜カラス」出版に寄せて　114

注記「フリーダムとリバティの相違」の回答を
「yahoo!知恵袋のベストアンサー」部分から一部引用させて戴きました。

夜明け前・横浜蒔田公園にて

揺 ら ぎ

午前四時半。白みかけた空の下、鶯の谷渡りの声に目覚める。透き通った美しい声で遥か彼方まで届けと言わんばかりに長々と鳴き囀っている。昨夜の風と雨は束の間の一夜の夢と言わんばかりである。浜からの風が分厚かった黒雲を空の端まで押しやり、青空を引き連れてやって来ていた。

散歩に行ってみよう、そう思いマンションの玄関を出る。子犬を連れた親娘に出合い軽く挨拶をする。

「お早うございます」と私。

「お早うございます」と父親。ちょっと遅れて高校生くらいの娘さんも「お早うございます」とマスクを着けたまま子犬のリードを手繰り寄せぺこりと会釈した。どうやら散歩の途中のようであった。昨夜の肌に纏わりつくようなじめじめ感もなく乾いた風が時折頬を撫でていく。初対面の人にも挨拶をしたくなる程の心地よい朝であった。

私は足取りも軽く大岡川を目指す。大岡川の向こう側を幾本もの電車がすれ違い通り過ぎる。軌道は地面から一〇メートル位の高い所に敷設されており、明るいエンジ色系、上下に赤いラインの黄色系、クリーム色系、ブルー色系……等々、綺麗に塗装された車両が幾本も滑るようにして通過し轟音の余韻を残して行く。しかし、川の両岸に植樹された桜の並木や、そう、今ではすっかり葉桜になってしまった桜の木や、さりげなく置かれた花々のプランターに目を奪われさして気にならない。赤青黄紫といった色彩を纏った花々も季節毎に取り換えられその美しさを競っていた。

川面には小波一つ無く、岸辺の木々の葉や大小のマンションやビル、そして高く澄んだ空を映し出していた。

なんという穏やかな一日の始まりなのであろう。

小一時間もすると散歩やジョギング、速足のウォーキングを楽しむ人々に混じって、駅へと向かう人が見かけられるようになった。品川、東京、新宿、或いは下って大船、小田原方面に通勤するのであろうか。それら殆どの人々がマスクを着用していた。私はといえば初めの一、二カ月はマスクを入手する事が出来ずやっと着用しだしたのはごく最近の事であった。

大岡川の人工の岸壁にはアルミや鉄製の防護柵が設置され、桜の木が植えられ七、八メートル程の幅の歩道がありそして段差をとって車道があった。歩道はアンツーカーのアスファルトやレンガで敷設され、木々の緑と相まって目にも優しく歩き易い。

魚はいないのだろうか？　私は大岡川の岸辺を、川面を注視しながら川上に向かって歩いていった。川面は相変わらず小波一つなく平らかに、空を、そして小さな雲一つを写したままである。暫く歩いていくと不思議なことがあった。川面が小さく揺らぎ、川の中央を何かが動いていく。波らしい波も立てずに。ゆっくりゆっくり、水面近くを……。

何事であろうかと不思議に思い目で追いかける。いくらか大きな長細い楕円を一つ描き、その先端を内側から押すようにして少しずつ進んでいく。魚だろうか？　それとも水中に潜って小魚を捕食する川鵜であろうか。よくよく凝視して見るとアカエイであった。こんな上流にまで。エイは両翼四〇センチもあろうか。両の胸びれを水中でゆっくりとしなやかに上下させて泳いでいた。

大岡川と中村川の分流点までは一キロはある筈で、河口の東京湾迄は数キロはある筈である。私には海水魚のアカエイが川上のこんな奥にまで入ってくるとは想像ができなかった。

（先回りして橋の上から写真を撮ろう！）

急ぎ足でアカエイの向かってくる橋の上に行き、ガラケイのカメラを構える。二分、三分、五分……。しかし、十分過ぎてもアカエイは姿を現さなかった。手持ち無沙汰である。このまま待っていても時間の浪費と思い仕方なくカメラをポケットに仕舞い、先を目指す。

何気なく対岸の上空に視線を投げる。空はマンションを出た時より更に青さを増している。その時であった。視界の片隅で風もないのに電線ケーブルが上下に大きく揺れていた。かなり太いケーブルなのに何事であろう。私の視線は咄嗟にケーブルの揺れの大きい方を追いかけていた。そこには黒い大きな鳥がケーブルに止まり、休息しようとしていた。早朝から泣きわめくカラスよりも大きな鳥。首の長さからも川鵜であることは一目瞭然であった。

川鵜は水中の小魚を追い回して捕食し、今しがた水中から空中の電線ケーブルに休憩しに飛んできたのであろう。翼の付け根や羽を幾度となく嘴でつつき毛づくろいをし始めた。そのまま注視していると今度は片方の翼を広げ、翼を畳み、ついでもう片方のそれを広げ、暫くたってから翼を畳み、やがて一、二度片方の翼で腹部に風を送る様な仕種をし、次いでもう片方の翼で……。幾度か同じ仕種を繰り返し、やがて両翼をゆっくりと広げるのだった。思うに濡れた羽毛を、そして体を乾かし、体温の低下を避けようとしていたのであり、何処かで作ってしまった傷の手当でもしていたのであろうろうか。

川鵜は私の視線に気付いた様であったが一向に気にするでもなく翼の毛づくろいをし、日光浴に意を注いでいた。

（ここまで人間は来れないさ。それに鉄砲や武器は持っていないようだし……）

川鵜はそう思っていたのかも知れない。

自然の、動物の、生まれ付きの才能や、音や光に対する反射神経や、治癒力には時々驚かされるばかりである。それにしてもあの図体で、あの直径五センチ以上もあるであろう電線ケーブルの上で、揺れながら、平衡を保っていたのである。私は妙に感心しながらも少し上流を目指して歩くことにした。

そう言えば先程のアカエイは私の動きを察知してユーターンしてしまったのだろうか？　川の最深部近くまで潜行し、私が何処かに立ち去るのを待機してじっとやり過ごしていたのだろうか。行けども大岡川の川面はどこまでも『静寂』そのものであった。

途中、橋を渡る。もう少しで中村川との分流点である。

公園の見える場所まで来たとき私は自分の目を疑った。河川の分流点の公園側には船着き場があり、川の水面まで階段があり、船の到着時以外は川の中に入れないように黄色の大きな楕円球のブイがロープで数珠繋ぎにされて護岸にきちんと固定されていた。そしてそのブイの上、ブイの二つ置きごとに川鵜が合計三羽も休息していたのである。川鵜は単独行動者である。これは私の今までの知見であった。しかし今、あろうことか三羽もいたのだ。そして先刻ケーブル上で一羽の川鵜がしていた動作を三羽ともが思い思いにしていたのだった。あの一羽もここに合流したのであろうか。

河川の分流点にある広々とした公園。蒔田公園であった。そこにはかなりの数の人達が早朝の散歩やジョギングや体操をして、各人各様に身体を動かし時の流れを楽しんでいた。あたかも川鵜たちのように。

コロナウイルス感染症が世界中に拡散し、日本国内で安倍首相により緊急事態宣言が発出されたのは四月一〇日午後七時である。不要不急の外出は自粛するようにと言われ、会社勤めの人々にはテレワークが推奨され、緊急の用事の人やテレワークだけでは仕事に対応しきれない人達は已む無く出勤することになってしまったのである。今朝の公園の人々はそのあおりを受けて運動不足の解消も兼ねて出向いてきた人達であろうか。発出から早三、四〇日も過ぎ新型コロナウイルスに罹患した感染者も少しずつ減じ始めていたのだった。それでも大半の人達は思い思いのマスクを、市販されたものや自らこしらえた手縫いのそれで鼻や口を蔽い包んでおり、何とも運動公園と呼ぶには不自然な、違和感が漂っていた。

私はブイの上の川鵜に焦点を合わせ、いろいろな角度から彼らの所作を携帯のカメラに映し納めていた。あたかもプロのカメラマンであるかのように。とは言えカメラはガラケイではあったのだが。

来た時と反対側の道を川に沿って帰ることにした。

途中、予期せぬ出来事が起こった。川の中央で突然魚がジャンプしたのだ。垂直に飛びあがり身体と尾びれを震わせ、角度四五度程の傾斜で水中に突き刺さった、ダークブルーとシルバーのツートンカラーの一匹の魚。日の光を反射して一瞬眼が眩むほど美しく輝いた流線体。バシャンと音を発して素早く水中に潜行しその姿を隠してしまった魚。大型の魚か水鳥に追われたのだろう。ボラであった。魚の逃げ去った水面には同心円の波紋が岸辺に向かって何処までも広がっていった。

道々、ビルやマンションの間やその裏側には古い民家や二、三階建ての家が点在していた。住人の世代交代や住むことに対する意識の変化が進むにつれて街の風景も変わっていく。住み人を失って放棄されたまま傾きかけた廃屋。新建材で立て直された家。そしてマンションやビル群。時代は巡る……であった。

大岡川沿いの私の歩いている所はすでに護岸も整備され、歩道もきちんと整えられているのだった。そして何よりも嬉しいのは家々に花や木がある事であった。それがプランター栽培の花々や木であったとしてもである。めぐる季節季節の花々は人の心を明るくし、心を豊かにし、心を大らかにしてくれるのだ。そしてもう一つ、挨拶通りという看板のあるところが幾ヵ所か目に入った。近所に学校のある場所らしいのだが、見知らぬ若い人から挨拶をされると悪い気はしない。むしろこちらの心が開かれるようで、私としても会釈や挨拶を返したくなるから不思議である。心に余裕がある、心が軽くなるとはこの様なことなのであろう。

午後、所用で出掛けていた女性と関内駅で待ち合わせて港の見える丘公園を目指す。昨夜の雨と今朝からの好天で気温が上がり多少湿度が上昇したようである。

山下公園。左手に海を、右手に手入れの行き届いた芝生そして艶やかな花々を見ながらぶらぶらと散歩を楽しむ。ランドマークタワー、赤レンガ倉庫、ポートタワー、外国の豪華観光客船、氷川丸、遊覧船・赤い靴号、ベイブリッジ……。

幕末から世界に名を轟かせた港横浜。ＪＲ線関内駅近傍からの海側は新旧のビルが整然と建てられた官庁街と言っても過言ではなく、どっしりと腰の据わった西洋建築物が多数あり、当時のモダンな最高技術が取り込まれた建物、ゴシック様式やバロック様式、モダニズム様式の建物は横浜の歴史の重さ大きさ厚さを物語るには十分であった。

「しっとりと落ち着いた街ね」と彼女。

「気に入っているんだ。道路も広いし、公園や街路樹も整備されているしね」と私。

「意外ね。もっと賑やかな夜の街の方が似合うと思っていたのに」

「それは若い頃だけ。ある程度年齢も過ぎると過疎地にでも行ってのんびりしたいね。伊勢佐木町は若者に任せて引退ですよ」

「あら。まだ早いんじゃない？」

言いながら彼女は私の顔を覗き込んだ。にっこりと笑顔を浮かべて……、少女のように。

「いくつになっても君はお嬢さんなんだね」

「お嬢様だなんて冗談でも嬉しいわ。最近太ってしまって。汗をかきそう」

「急に暑くなってしまって……、夏みたいだね」

言いながら私は彼女のタイトな服装、身なりを何気なく見ていた。相変わらずジーパンにTシャツ、そしてジャンパー姿の軽装で、昔と殆ど変わらない明るさと溌溂さをホールドしていた。家に帰って着替えて来たのであろうか。それとも今はルポライターの仕事でもしているのだろうか。

彼女と知り合って何年になるのだろうか。

学生運動、大学封鎖、授業の休講、アングラ劇場、朝までの飲酒、同棲生活の流行、山手線内での漫画本の流し読み。少年マガジン、ジャンプのバカ売れ、ラフなスタイルでの生活。

私はと言えば打ち込めるものも無いまま神田神保町の古本屋街の端から端まで何とは無く本を探して歩い

ていた。途中喫茶店に寄り道をしながら……。

そして、初恋の人に振られ、サラリーマンになり、飲んだくれていた頃の話など、他愛もない話をしながら、私達は港の見える丘公園を目指して坂道を登っていった。

丘の頂上、公園のベンチで彼女の持参したおにぎりとお茶の軽食を楽しむ。海が見え、ベイブリッジが見え、人工の大きな建築物の数々が見える。港横浜の今の顔が、そして彼女の横顔が見え、姿が見える。あの眩しいほど輝いていた時代。時は巡る……である。そして……たいして変わっていない私。願わくは彼女も余り変わりませんように……であった。

バラ園の外からバラの香を嗅ぎ公園を後にする。コロナウイルス感染症の影響でバラ園内の見学は出来なかったのだった。

フェリス女学院や雙葉学院のある道をたどりながら、帰路、坂道を下る。瀟洒な明るい色を基調にした洋館建ての家々。グリーンの広々とした芝生の庭のある家々は、あの高級別荘地帯特有のすべてに余裕のある、太陽や自然を存分に取り入れた、人々のあこがれの建造物であった。

途中、遊歩道にはあちこちに紫陽花の花が咲き陽光を浴びて紫にあるいは青く光り輝いていた。花々は今を盛りとばかりに得も言われない香りをあたりに振りまいていた。そして、低空をツバメが飛び交っていた。梅雨の前の清々しい青い空であった。


天候も不規則だった長い冬も過ぎやっと温かい春から初夏になろうとしていた頃、折しも少なからず明るい希望が芽生え始めた時であった。

正体不明のコロナウイルスについて巷間では、感染者全員が死亡するかのように言われ、スペイン風邪やペストに匹敵する程の死者が出ると言われ、手洗い・マスク着用が半ば義務付けられた。そして自粛が。

ここ数年日本各地で地震があり、東南海地震や東京直下型大地震の前兆かと囁かれていた矢先であり、遠くはローマの浸水、米ロスアンゼルスの山火事、独ライン川氾濫等々。様々な災禍が新聞やネット上を賑わせ、人心を攪乱し、市民生活者の心を弄んでいた。

初め、中国武漢の市場がウイルス発祥地であると言われ、最近の報道では武漢にあるウイルス研究所で実験に使用された動物が闇取引で市場に流出したのだとも言われている。あげくに武漢にある上級ウイルス研究所と下位の研究所の女性責任者同士の売名競争や優劣争いがウイルスの流出になったとか。真偽のほどは定かではない。ＷＨＯと中国の関わり方（パンデミック宣言の遅れ）の問題も含めた様々な問題が米中の争いや貿易摩擦に迄発展している。世界が一丸となって問題に対処してもらいたい時にである。世界中でコロナウイルスに感染した人数四百万人、同死亡した人数は数一〇万人に上り、種々の対策が取られているにも関わらず、世界中の失業者数は数千万人に上り世界中で貧困が蔓延、地球上の全ての場所で人々の心が揺らぎ始め、第三次世界大戦にもなりかねない様相を挺している。挙句にアフリカ発のサバクトビバッタによる農作物被害が「青い星・地球」の全体を覆い包もうとしていた。

魚による川面の揺らぎ、鳥の羽ばたきによる空気の揺らぎ、この程度の小さな揺らぎは我慢するとして米中覇権争いによる民族衝突や国境の揺らぎによる人心の揺らぎや、第三次大戦などと言う大惨事のような【揺らぎ】が引き起こされることは誰一人と言って喜ぶ人はいないに違いない。地方回りの剣劇芝居風にいえば〝マッピラゴメンナスッテ！〟である。

戦争の悲惨さは「アンネの日記」の一冊の本で十分であった。

鼠 と 鳥

五月下旬のことであった。何時ものように朝の散歩に出かける。桜並木の緑の風を頬に受けながら、大岡川に沿って海を目指す。満潮に近いのか流れは止まっているように見える。

黄金町から日ノ出町へ。道は川に沿って緩い蛇行を幾度か繰り返し、やがて視界にランドマークタワーが入ってくる。末吉橋迄来て一思案である。この橋から右手方向、伊勢佐木町モールを超え大通り公園も超えたあたりから横濱橋商店街があるはず。ここから遠望すると濱橋商店街は奥に行くにつれて低くなっているように見えた。昔埋め立て地であった時の名残なのであろう。濱橋商店街まで行くにはここからではかなりの距離である。橋を渡り折り返すか商店街方面へ行くか、も少し先に行くか。結果はも少し行ってみてから川に沿って折り返す……であった。橋の上からランドマークタワーが見え、更に良いポイントが見つかるかもしれないからであった。橋とタワーの間に高く見えるビルが出来ており、タワーがかなり低く見える。黄金橋、旭橋迄来て折り返すことにした。

（ランドマークタワーもまあまあのアングルの写真も撮ったし、今日は良いことにしよう）

いとも簡単な理由で散歩の行先変更を決めたのだった。

散歩に出るたびにカラスの話になるのだが、とにかく烏の鳴き声が五月蠅い。当地に転居してきて驚いたのは一二回連続して鳴いた大物の烏がいたことである。カアーカアーと間延びして鳴くのではなくカァッ！　カァッ！　と全体的には山なりにではあるが間を詰め、一二回連続して鳴くのである。それどころか場合によっては一四回も鳴く。これには吃驚である。それも相当な声量で、挙句に時によっては濁声で。A市にいた時には多くても八回であった。朝方は大通り公園の方にいた筈が今は大岡川の脇のビルの屋上・てっぺんで、また暫く経つと数十メートル離れた場所の電信柱のてっぺんで。その度にその声に呼応してあちこちからカラスの声が上がる。自分はここにいるぞ！　そう居場所を連絡し、確認し合っているようである。自分達のテリトリーを、縄張りを主張して鳴き合い、よそ者は来るな、入るなと警告を発している様であり不気味な雰囲気さえ感じられるのだった。

　そういえば近所の桜の木の上の方、枝分かれした場所にいろいろな物を運び、貯めこんでいた烏の若夫婦(?!)がいた。桜の木は花の季節も過ぎてすっかり葉桜のシーズンである。そんな枝や葉の合間をすり抜けて物を運び込んでいた。いつの日であったたか、針金ハンガーを咥えて来てそれを巣作りに使い始めたのであった。近所の家の物干しから数十本の針金ハンガーが盗難被害にあった筈である。幸いにも私の家では直接被害は無かったもののベランダで烏と鉢合わせになった事が数回あった。烏が吃驚ならこちらも吃驚であった。小鳥ならまだしも全身黒装束の、目まで黒色の大きい鳥にいきなり鉢合わせしたらドッキリである。ドッキリしない人がいたらそれこそドッキリであろう。烏は慌てふためいて物干し竿に片羽をぶつけながら飛び去って行ったのだが、私の胸の動悸は暫く収まらなかった。それ以来益々烏が嫌いになってしまった。

　縄張り(テリトリー)争いの話に戻るが人間世界とて大同小異であり、頭脳明晰で、腕っ節が強く、情に脆く、女性に優しく、上司にペコペコせずに出世……など、時には例外的人間もいるわけだが、カネ・コネ・カオといった何らかの繋がりがないと出世はおろか入社も覚束ないのが現実である。そして会社同士でも同業他社という競争の世界で(時によっては譲り合うのだが)生き残るのは至難の業である。更に地球という世界上での戦いがあり、それはそれは魑魅魍魎の暗躍跋扈する、おどろおどろしい処なのである。戦に負けたものはそそくさとそこから去り、あるいは食にも有り付けない敗者となり、生気の抜けた下僕となるか下野するか生ける屍となるかである。さりとて毎朝と言ってよいほど繰り返される烏の縄張り争いには辟易させられるのは私だけではないだろうと思う。


　旭橋を渡り左折。対岸を見やりながら前へ。

　面白いことに散歩やジョギングの人々は大岡川を挟んで両岸を時計と反対回りしていた。老犬を連れた老人、異国籍の外国人、主にアジア系と思われる男女、ブロンドのヤングレディー、中国人の男たち。着ている衣服もまちまちで如何にも国際都市港横浜であった。殆どの人はマスクをして無口で黙々と通り過ぎる。大声で喋りながら歩いているのは例の国の人達である。中国語特有の四声の所為であろうか。とは言え長年日本国内に住んでいる人はそれほど大声ではなく、何よりも日本語を使用している。何らかの理由で日本に渡って来た今来（イマキ）の中国人なのであろう。ともあれ太極拳をしていなかったのは救いであった。郷に入っては郷に従えである。

暫く行くと樹上や電信柱の上から鳴き騒ぐ烏の声。いまにも敵を急襲し蹴散らそうと言わんばかりの鳴き方で、私を恫喝しようというあり様であった。

近くに営巣し子供を育てているのであろうか。けたたましく泣きわめき、叫び声を発し続けていた。いつもと異なる烏の鳴き方に気付いた近所の家の婦人が何事かとガラスの入ったサッシを開けて外を覗き、声の主を探しているようだった。

「近くに巣を作っているようですよ」「気を付けて下さいね！」

私は窓辺に向かって一声かけ、その場を離れた。

対岸から見て、この様な烏の大騒ぎを幾度も観ていたのに今日はすっかり忘れていて、運悪くその下を通りかかってしまったのだった。

日の出町から黄金町へ。アートをメインに間口一間程の手工芸品点や創作写真や絵画のギャラリーが軒を連ねる。若手の作家や芸術家を募集・招致して京急線のガード下を利用して黄金町の街おこしを図っているようである。外観の見た目は真新しいが既に一〇数余年の月日が過ぎているとの事である。有能な芸術家が多数巣立ってくれれば幸いである。

左手に大岡川そして緑の桜並木。車道を挟んで綺麗なショップが並び目にも優しい風景である。白金人道橋近く迄来た時であった。車道を一匹の野鼠が斜めに横切っていった。一瞬私は自分の目を疑った。距離にして一〇メートルも在ったであろうか。

（鼠が……、こんな所に……、なんで……？）

鼠は〇〇羅紗店の玄関脇の入り口の壁（五〇センチ位の）をするすると這い上り植込みに逃げ込んだ。直径一〇センチ程の木の切り株と背の高い草の生えた小さな植込みである。すると突然私の脇を烏が一羽掠める様にして飛来し、植込みの鼠を目掛けて飛び掛かっていった。鼠は切り株と建物の隙間にうまく逃げ込んだようであった。烏は初め切り株の左側から攻め直ぐに右側から攻めまくる。すると対岸の木の上から見ていた烏が急行し左側から鼠を挟み撃ちにしたのだった。一瞬鼠も難を逃れたように見えたのだったが多勢に無勢であった。一羽の烏の時は鼠も幾度となく鳴き声を上げて抵抗していたのだが、二羽に挟撃され、最後は大きくヂュウ！　と鳴き声を上げるのが精一杯であった。烏は私に気づき片足で獲物を掴み、二羽とも隣家の屋根にまで飛び上がり、何度か獲物を嘴でいたぶるように扱い、やがて獲物を嘴で咥え対岸のケーブルの沢山ある電信柱の上部まで逃げ去ってしまった。ほんの一、二分間の出来事であった。

烏が鼠を狩りして食するという現場に出合い、唖然として立ち尽くしてしまった私。大都会の、早朝の、意外に人通りの多い場所で、今眼前で起きた事件は果たして夢であろうか、それとも幻であろうか。時間の経過とともに薄れていく記憶。

確かに食物連鎖から見ればなるほどと思える出来事ではあるのだ。

人間が生ごみをごみ箱に捨て、周囲四面と天蓋全てが頑丈に作られたごみ箱の中の生ごみを鼠は穴を掘って下から潜り込みそれを食べ散らかし、それを待ち伏せて烏が捕食する。

ビニール袋を咬み破り食べ物を散らかす鼠や鳥。鳩や雀に餌をやっている人を時々目にするが、その場にいた鳥が雀を追いかけて狩りをしたという場面には、私は一度も遭遇したことが無かったし何かの本で読んだ記憶にもなかった。鳥が猛禽類のように小動物を捕食することが想像できなかったのである。

鼠はペスト菌を媒介し鳥類も豚コレラや様々な菌を媒介し人類に多大な被害を齎していた。その為かあちこちの公園には自然界に暮らす「動物には餌を与えない」様に告知文のある看板が立てられている。更に「動物の死骸を見つけても勝手に処分しない」様にとも記載されている。それらは伝染病や細菌や害虫から人々が身を守るためである。

鼠は害獣であろうか。ディズニー映画や漫画では可愛らしく悪戯っぽくお茶目に描かれ、子供達には大変人気のあるキャラクターであり、人を笑わせたり慰めたりして心を癒してくれる。その意味では益獣である。鳥はどうであろうか。先日「七つの子」という童謡を、一寸見ぼけ老人が、よろけながら古びた自転車に乗って、歌って通り過ぎたのを見かけたのだが、今の小学校で教えているとは考えづらい。私には鳥に関しては益鳥とも益獣ともいえる知見を何一つ持ち合わせて居らず、百害あって一利なしという程度の感覚である。

（九官鳥ならまだ良いのだが……。）

鳥には三種類あり嘴細、嘴太、それに朝鮮半島渡りの三種類があるようであるが前二種は日本古来の棲息者らしいのだが詳細は鳥類研究者にお任せすることにしよう。

数日後、道慶地蔵尊の近くで何時ものように休んでいた時の事である。右手から大岡川・鉄製の柵・桜並木・歩道・車道・京急キッズランド。歩道と車道の間にコンクリートで囲われた幅一・五メートル長さ七、八メートル高さ三、四〇センチの場所があり、三本の桜の大樹、くちなしの木、山吹の木、ウチワサボテン、アロエ、などの植えられたコンクリート製の花壇のような所があった。桜の大樹の枝が覆い被さるようになっていて日除けや雨除けには都合がよく、挙句、川側の一部分は二、三人の人が腰かけて休める様に花壇の内側に沿ってコンクリートで仕上げられていた。休憩するのには絶好の場所であった。心根の優しい設計者からの贈物であった。

携帯型の灰皿を取り出し、缶コーヒーを開け、タバコを吸いながら川面をみる。私にとっては至福の時間であった。

腰を下ろし一服しながら足もとをみていた。とその時、歩道に合わせてカーブ状に施工されたコンクリート製箱（例の花壇）の底部、道とコンクリートの接合された部分から鼠が顔を出したのだった。そこには初めから円形の穴が加工してあり、そこから顔を出したのだった。彼は初めは辺りの様子を伺っていたのだが、何の気配も感知できなかったのか異常なし（危険なし）と思ったのか、全身姿を現し、それでも直ぐに他の穴に入り込んでしまった。穴は植栽された樹木の水切り用のそれで都合六ケ所あった。反対側も含めるとその二倍である。

暫くして顔を出した鼠は穴から半身を出し、やがて全身を出し、スルスルと歩道を渡り鉄柵の固定してあるコンクリートに上り、大岡川の川面を見、直ぐに穴を目指して逃げ帰った。すると鼠が穴に逃げ込んだのと殆ど同時に烏が勢いよく飛翔してきた。烏はバサバサと羽音を立てて鉄柵にしがみつくようにして留まったのだった。

私は何の衒い（てらい）もなく烏を追い払った。不思議な事に私は咄嗟に鼠の味方をしていたのだった。恐らく数日前に二羽の烏が鼠を挟撃したのをこの目で見てしまったからであろう。条件反射と言ってよかった。

（弱い者苛めばかりして、とんでもない奴だ！）

烏は私に気付き面食らって対岸の電信柱まで慌てて逃げ帰っていった。思えば彼、烏は対岸から超高速で飛来し、あわよくば鼠をゲット出来たのであり、恐らく鉄柵下のコンクリートに鼠が顔を出した時に獲物であると瞬時に認識したのであろう。何という視力の良さ、何という判断力、何という決断力、何という行動力。敵ながらあっ晴れであった。

それに引き換え鼠の無警戒さは情けなくなる程残念であった。それは私に無警戒であったし、鉄柵の下のコンクリートの上に顔を出してしまい、鳥に発見されてしまった事である。それに私は巣穴を発見してしまい、散歩の度にその後彼（彼女）はどうなったかを知ろうとして足を向けてみる様になっていた。

最初の一回目は出入りした跡が見て取れたのだが、その後例の穴の入り口は何時行っても其の儘であった。

毎日散歩してこの場ですれ違う人々は私のことを不思議に思ったに相違ない。梅雨間近の天候の変わりやすい日々。雨の日晴れの日風の日。殆ど言って変わらない時間に姿を見せる変な叔父さん。そう思われても反論できないだろう。

ある日の事、何時ものように小犬を連れて通りかかった初老の男性に声をかけてみた。

「先日、鼠を見かけたんですがお客さんは見ませんでした？」

「いいや見てないですねぇ」

「そうですか。ここの下の穴から出入りしていたんですが……？」

私は言いながら目線を穴の方に投げかけていた。

「向こうの方に土が盛り上がっていたからモグラでもいるのかとは思ってましたけどね」

「児童園（保育園）も近いので報告した方が良いのかと思いましてね。思案中なんです」

「それだったら市役所にでも電話してみては……？」

老人は暫く思案してから小犬のリードを少し揺らし、小犬に合図を送り、先へと歩を進めていった。

鼠は烏に急襲され連れ去られてしまったのだろうか、危険を察知して何処か遠くに引っ越してしまったのであろうか。杳として知ることは出来なかった。

大岡川は水をたたえて今日もゆったりと流れていた。

鼠は益獣とも害獣とも何とも判断（判定）しかねる事件であった。

烏については読者諸氏に判断・判定をお任せする次第であるが、黄色のビニール製ゴミ袋もあまり効果は無かったようであり、私個人としては矢張り疑問符の数の方が多い。

栗鼠とハクビシンとキョン

何時も通り早朝の散歩に。マンションの前は車道。道を挟んで大きな桜の樹のある民家。日の出間近の薄っすらと白みかかった空、そしてひんやりとした空気が心地よい。唯一濁声のカラスの鳴きわめいている事を除いては。いつもなら二、三度鳴き、人の気配を感じて何処かに飛んで行ってしまうのだが今朝に限って何度も鳴き騒いでいる。どうせ何時ものように人間に巣を取られる（壊される）とでも思って騒いでいるのだろう。しかし、それにしては喧し過ぎる。何事かと思い巣のある桜の樹の上の方を見上げた時、木々の葉を震わせて小動物の動く姿が微かに見えた。猫にしては胴体が長く足が短い。頭部も幾らか細長く小さい。身体全体が茶褐色掛かった灰色に見える。薄暗い中で桜の木の葉をゆらせ、枝を伝って一歩一歩移動している。イタチとかスカンクらしいのだがはっきりと見えない。

偶然通りかかった人も頭上を見上げ

「ハクビシンだ」と一言。

「ハクビシン？」

私は更に目を凝らしてみる。胴長でほっそりしていて頭は小さいし……？

想像していたハクビシンとはかなりかけ離れていた。

殊の外五月蠅くけたたましく騒ぐ烏も人の影に気づき何処かに飛んで行ってしまった。やがて巣の近く、桜の幹と枝の分かれる所にまで来たとき彼が私達の方にゆっくりと顔を向けた。薄闇の中に頭頂部から鼻筋にかけてかなり幅のある白い線がくっきりと浮かび上がった。それはＴＶで見たことのある最も特徴的なハクビシンのトレードマークであり、彼の身分証明でもあった。初めて見た本物のハクビシン！

今朝はあまり明るくならないうちに見たいところがあったので大岡川の岸へ。道慶橋の近くにある鼠の巣穴である。が、日が悪いのか時間帯が悪いのか巣穴に鼠の出入りした様子はなく桜の木の枝先で数匹の夜明けを告げる蝉が鳴いているばかりであった。

桜木町まで行き、帰路、ハクビシンを見つけた樹を見上げてみたが彼は既に何処かに行ってしまっていた。しかし、何で横浜に……？　それもマンションやビルの密集した、あってもこじんまりした狭い庭か若木の数本植えてある民家の多い場所に……。私には考えつかないほど不思議な出来事であった。

そこには偶然にも多くの葉を付けた枝振りの立派な大きな桜の樹があり、その樹の枝が電線ケーブルを覆い包む様にしていて、樹の下は自動車二台が駐車出来るほどの空地になって居た。カラスの巣は空地から見上げれば丸見えで枝と幹の分かれる所、ハクビシンが顔を私達の方に向けた場所にあり、あちこちのマンションのベランダや民家の物干しから無断で頂戴してきた針金ハンガーで作られ、その上に枯れ枝やタオルの切れ端を敷き詰めた安普請のものであった。烏の立場から見れば愛情のこもった上等な高級な新築住居であった、と言えるのであるのだが。

後日喫茶店の社長に聞いた話では横浜市も大きい街だがハクビシンはかなりの頻度で出没しているようであった。何よりも人間の食べ残したものや小鳥や鳥の卵を狙って夜な夜な姿を見せるようである。大型動物と違い電線ケーブルを伝って移動することが出来るため子孫の数もかなり増えている様であった。

車道や田畑の畔道を移動しなくても要領よく距離を稼げるということのようである。

「なんなら市役所で捕獲用のカゴ（檻）を貸してくれるし、カゴに入っていても手で掴もうとしない様に。指を噛み切られるから……、それに昔は大岡川の上流の方では狸があちこちの土手に巣穴を掘り住み着いていた」とか。

勿論私としては捕獲するつもりはなかった。

以前A市に居た頃不動産屋の事務員と話した時、昨日〇〇マンションの近くで猿が出たと言うTVニュースに続けて、彼女は家の玄関を開けた時ハクビシンと出くわしたと言い

「私、吃驚して固まっちゃった。」

「ハクビシンはどうしたの？」と私。

「ハクビシンも私に吃驚して固まっちゃって……。ほんとうに……。暫くは両方とも動けなくて……。」

「へぇー、そんなことがあるんだ」

整体院の先生と話した時は、車での仕事の帰り道で猪や鹿に遭遇。

「も少しで衝突するところだったですよ。雪道だったらハンドルを切りそこなっていたでしょうね」

との事であった。

「ここ近年続いている異常気象や野生動物の住む森や木々の餌になる食べ物が減少し、その上観光客が人間の食べるものをあげるから動物がその味を覚えてしまい、人の住む町にまで出没するようになってしまったみたいだ」

とのことであった。何れにしろ人間と野生動物の居住境界域が線引き出来なくなって来ているようである。また、海外との船舶や航空機の往来が頻繁になり、外来種の動物も国内に棲みついたり定着してその子孫を増やしている様である。外来種の動物は日本の固有種保護のため持ち込み禁止や駆除の対象になるものもかなりあるようであり、近年ではジビエとして食される事が可能になって来ている。しかし狩猟可能期間や捕獲頭数はその数がきまっているようであるが。

ところで、あの図体でケーブルの上を渡り歩き移動を繰り返し生活を営むという彼（彼女）達は何処で眠るのだろうか。大樹の葉陰、巣穴の中、人間の放棄した壊れかけの家……。実際には現在人間が居住している民家の軒下や縁の下、物置小屋や屋根裏等、人目を憚ることも無く大っぴらに住み着いている様である。

ごく最近桜並木のある散歩道でリスに遭遇したことがあった。ドキュメンタリー映画や絵本で見るそれと同様身体も大きく立派なふさふさとした毛で被われており、右に左に歩きながら餌を捜し回り、時には桜の木に登り、降り、を繰り返していた。初めは鼠かと思って見ていたのだがそれにしては全体が大きく、綺麗な尾をしていた。顔色を初めすべてに色艶があり血色がよい。よくよく見てみると栗鼠であった。在来種と比べかなり大きい。彼女が噂の台湾栗鼠なのだろうか。

ハクビシンも台湾栗鼠も外来種であるが栗鼠に関しては誰かが飼育していたのが逃げ出してきたのであろうか。この近辺には野毛山動物園もあるのだが確たる証拠はない。私が栗鼠だと気付いて写真に収めようとしたとき彼女は動きをピタリと止め、固まってしまった。仕種一つにも気品があり、まるで若いモデルの女性がポーズをとるようにして……。もっともこれは彼女たち栗鼠の習性なのかも知れなかった。

私はほぼ毎朝大岡川に沿って散歩に出掛けるのが習慣になっていたが、夜明けの光景、日の光や雲の動き、風の強さ弱さや、様々な動植物に出合え、更に野鳥の囀りが聞こえ、まだまだ横浜近郊には豊かな自然がある事に驚かされるばかりであった。

後日談になるが台湾栗鼠は先年の台風で鎌倉八幡宮のご神木が倒壊し、そのあおりで住み付いていた栗鼠たちが四方八方に散ってしまったという事で、その銀杏の木の中に巣を作って住んでいたらしいとのことであった。当時手の平に栗鼠の好きな餌を載せそれを食べさせるという催しが流行っており、栗鼠とフレンドリーになれるという事が観光客にもてはやされていたようである。〝栗鼠に餌〟を上げるその為だけに長蛇の列が出来ていたという。それにしても鎌倉から桜木町や関内にまで移動するのには相当な距離である。長い時間をかけて横浜方面まで勢力を拡大した事と思われる。またハクビシンについては横須賀近辺の何処かで確認されたのが最初らしく、今では三浦半島全域に拡散してしまっているようである。更に千葉鴨川を起点にキョンという小型の鹿科の動物が、そこいら中の畑や民家の庭を荒らし農産物や果物を食い荒らしてしまい、果樹農園の被害も報告されている様である。元をただせば人間のモラルのない不始末さにたどり着くのだ。

早く解決策を見極め、手を打たないと問題処理には時間が経つほど困難になるに違いない。

キョンについて

二〇二〇年九月二日のＴＶ報道によるとキョンの皮か何かがマスクの材料として使用されているとの事。コロナウイルスの細菌を透過させないほどの密度のようである。ヘパーフイルターよりも高精度でほとんどの菌類を透過させないとか。

キョンについてはまたの機会に記すことにしよう。

横浜カラス

―カラス戦争―

早朝、野鳥の声で目覚める。野鳥といえば嘘になる。大声で幾度も鳴き近隣住民を叩き起こし、悩ませては五〇メートル位飛び、また幾度も鳴きを繰り返し、そしてまた五〇メートル位飛びを繰り返し、段々遠ざかり、かと思うといつの間にか戻って来てまた鳴き始めている。あちらの森、こちらの電信柱の上、遠くのビルのてっぺんで。自分の縄張りを一巡りして還ってくるのであろう。移動する度に鳴く回数を変えたり、高音で鳴いたり、低音で鳴いたり、挙句に濁声だったりする。兎に角迷惑なのだ。濁声の主は同一種の別の鳥かも知れないが同一の真っ黒な鳥である。目まで真っ黒の為鳥と言う字に横線が一本足りない。その正体こそ烏である。頭脳が足りないわけではなく、目の部分の色別がされず漢文字に表記される時にカットされてしまったのである。頭脳がないどころか頭脳は人間の四歳児にも匹敵し、或いはそれ以上とも謂われている。それどころか一羽の烏が色々な声で鳴き他の烏達と連絡を取り合っている様である。鳴き声や鳴き方は人間の使用する言葉の様に使われ、今のところ人間程のボキャブラリーは無い様だ。否、ボキャブラリーを増やす必要がないということなのであろう。人間でもギリシャのある島やカメリア諸島のある島では口笛で会話が出来るそうであるが、それはそれ、人間であるためかなり入り組んだ話まで口笛で伝達出来、老人の、おい・あれ・これ・それ・飯・風呂・寝る・酒……、と謂った代名詞や指示的表現ばかりでなく、内容がきちんと理解できるそうである。この烏の伝達能力は人間の老人や高齢者言葉かそれ以上で、兎に角大したものである。又、この烏そっくりの九官鳥は人真似が上手で、言葉のイントネーションや音楽（歌）までも真似るそうであるが、実はこの烏も徐々にではあれ、九官鳥の能力を取り入れつつあるのかも知れない。人間もうかうかしているとこの烏に全てを奪われてしまい、人間世界はこの烏たちに取って代わられてしまうかも知れないのだ。（遠い将来？）

烏も人間同様に咽喉を上手に使い分けているのだろうか。それに三回、四回、五回は間延びして鳴くことが多く、六回、七回、八回、一〇回、一二回と何回も鳴くときは短く区切ってほぼ一呼吸での鳴き方をする。よく耳にする山なりに間延びした鳴き方とは異なるのだ。また身体の大きさにも関係が有る様にも思われる。

ある日の昼下がり、カラス戦争に遭遇した事があった。

喫茶店での談笑を終え、昼食をしに家に帰る途中でのことであった。何かの一点を遠巻きにして、烏が何羽も集合してあちこちの電信柱の上やビルやマンションの上からけたたましく大声で鳴き合っていた。否、鳴き合ってというよりも叫びあっていた。犬に例えて言えば今にも噛みつかんばかりに吠え合っていたという感じである。暫くするとトランスのある電信柱を目指して数羽の烏が急行し、最初からいた烏に襲い掛かったのだった。勿論初めからいた烏も鳴き声で応酬し、鳴き声は以前よりけたたましく成り、他の烏も同調して町中に聞こえる程の大声音になってしまった。電信柱の下にいた人も立ち止まり、ビルやマンションにいた人も何事かと窓から顔を出して鳴き声の発信元の方を見遣ったり、電信柱の上の方を見上げたりして成り行きを窺っていた。

襲い掛かられた烏は濁声になりグァ〜、グァ〜、と大声で甲高く幾度も鳴き、自己主張を繰り返しており、襲った方の烏はこれでもかと言わんばかりに嘴や足の爪、果ては両の羽で初めにいた烏をいたぶっていたようである。私は地上の一〇メートル位離れた場所に居たので本当のことを知ることは出来なかったのだが、近隣の住人をも巻き込んだ途轍もない騒がしい事件であった。

そもそも事の発端は何だったのであろうか。縄張り争いなのか、先住者への住居不法侵入か住居乗っ取りか知る由もないのだが、この事件以後濁声の烏が我が家の近辺に住み着くようになっていた。思うに濁声の烏はここの電信柱の上部に針金ハンガーや枯れ枝を運び込み営巣し、子育てを始めようとしていたのだろう。しかし、そこは他の烏も目をつけていた場所で先住権の発生と、そもそもその近辺を含めた以前から居住する鳥達のテリトリー内であり、営巣しようとした鳥はテリトリーの外にそうすべきであった。つまるところ縄張り内によそ者が侵入し、挙句に家庭まで構えようとしてしまい大喧嘩になってしまったのであろう。いたぶられ、完全に立場を失ってしまった鳥は、喉元か頭部を咬まれたか啄ばまれて、その結果濁声でしか鳴くことが出来なくなってしまった様なのである。

私がこの地に転居して来て濁声で鳴く鳥の声を耳にしたのは今日が初めてであったと思う。あの電信柱の上での鳴き声が初めて耳にしたものである。殆ど毎朝大岡川沿いを散歩して嫌という程鳥の鳴き声は耳にして来たつもりであるが、濁声のそれは記憶になく、以前住んでいたA市でもその様な声は聞き覚えが無く、世にも不思議な出来事であった。

それからというものあの声の主は別の場所に居を構えたようだ。しかし、その転居先はあの騒動の時に敵対していた鳥達のテリトリー内の様に思えるのだ。和解したのか土下座して絶対服従の家来になったのか知る術もないのだが、以外にもあの戦争のあった所から直線距離にして百メートルと離れていない桜の木の上に営巣したのであった。見るからに若い鳥の夫婦であり、あれは世間知らずの、若気の至りのなせる業と謂った処なのであろうか。そして老いた鳥達や戦いに参戦したカラス達が会合を持ち、大目に見てやったのかも知れない。

それにしてもこの騒ぎと謂い、鼠を捕食したり、小さなコッペパンを咥えて人の頭上を飛んで行ったり、頑丈なごみ箱を壊してビニール袋の中身の生ごみを喰い漁ったり、散らかしたり、樹下や電信柱の下等、彼らのよく休憩する場所の下は、糞だらけ……。これだけでも美しい鳴き声で囀る小鳥達やカラフルな色彩で人々の目を楽しませてくれる鳥たちとは比較にならない程で、どこから見ても鳥は害鳥であると結論できると思うのだ。頭脳明晰な彼らはパンを横長に咥えるのではなく嘴の方向に沿って咥えて飛び、それによって前方からの風の抵抗を減らし尚且つ視界を確保し、敵からの襲撃をも警戒出来ていたのだ。鳩や小鳥は木の小枝を運ぶとき嘴とほぼ直角にそれらを咥えて飛んでいく。やはり鳥とは賢さが違うのだ。

カラス戦争に遭遇したと記したのだが、鳥同士のリンチ事件とした方が真実に近いのかも知れないが、やはり内部問題と外部からの問題としたら戦争といった表現の方が相応しいだろう。

蟻の世界や蜂の世界では組織構造がはっきりしている。女王を最高位に、働き蟻や蜂がせわしなく動き回り、そして種の保存の為のみの蟻や蜂が、更に戦うための蟻や蜂が、子育てだけの、そして大きい種族の蟻や蜂が小さい種族の蟻や蜂を襲うという。強くて大きい種族が小さくて弱い種族を襲う。それぞれのテリトリー、世界の中で大半の生物たちが組織を階層的に作り生活を営んでいる。

人間の文化・宗教・生活習慣・言語の相違・有色（白色・黄色・黒色等）などの相違により引き起こされる戦争や貿易摩擦等々。どれ程他の動物や昆虫と相違があると言えるだろうか。

カラス戦争もやはり組織や階層の相違による争い、つまり、戦争であったのであろう。

以前何かに記したと思うが鳥の社会も人間社会も大同小異の様である。

火山の大噴火、大地震、巨大津波、大火災、集中豪雨による田畑や家屋の水没、陸橋や道路の破壊・陥没、急速な温暖化、新型コロナウイルス感染症、豚インフルエンザ、イナゴやサバクトビバッタの大群による農作物被害、軍拡競争、南北朝鮮問題、米中間の問題、ロシア問題、ＩＳを巡る宗教問題……等々。近年地球上で起きている事だけでも少し見渡しただけでもこんなに沢山あるのだ。地球という宇宙に関わる問題、いわば天災から人間の関わる国家間の人災迄、ちょっと見回しただけでもこんなにも……である。やれやれである。

カラス戦争も一段落したようである。夕涼みを兼ねて大岡川に沿って散歩を楽しむ。枝先まで清々しく葉をつけた桜並木の歩道。プランターに植えられた花々。ここそこに花はほころび、傾きかけた夕陽を受けて紫陽花の花は咲き、時折ツバメが飛び交い、大岡川近傍には眩い程初夏の自然が息づいていた。

何処からか濁声の鳥の鳴き声が遠く近く聞こえていた。

大岡川は何事も無かった様に滑らかな水を湛え、今日もゆったりと流れていた。

小 論 集

―COVID-19 対処法・予言を含む―

横浜カラス―カラス戦争―に寄せて

自由と社会と烏 ―コロナ問題について―

カラス戦争のついでに少し、自由・社会・コロナ問題について考えてみようと思う。

社会とは何か。人と人が関わり合う事によって成立する、あるいは成立している共時存在の場と捉えれば当たらずと雖も遠からずである。異言語であれ異民族であれ、互いに関わり合う事である。すれ違っただけでは本人にとってはあくまでも外部社会であり、共に時を共有し、意志を疎通し合い関わり合う、人対人の社会ではない。人と人が出合い意志を伝え合ったりしても合意できなければ争いにも成り得るし、遠い昔の上位下達の様に、こちらの自分の意志は無視されたり反故にされたりし、矢張り戦いにも成りかねない。上位下達とは絶対服従を意味する言わば命令形を含んでいる言葉であるからである。

ここに言う人とは現在だけでなく過去や未来も含まれている概念であり、遠い過去の菅原道真であったり、まだ見ぬ未来の人であったり、安倍晋三であったり、自分の両親や兄弟や友人知人であったりする。「私」や「君」という個人が出現する以前に人間の外部社会は既に存在していたのであり、我々は宇宙時間から見ればたった今来たばかりの、今来の人達なのである。今来（いまき）とは多少の憧れと軽蔑的な含みの混ざりあったニュアンスはあるが、本来外国籍の人が最近日本に来た、日本に来て日本籍を取得して住み着いている事を指す言葉である。

ここにいう外部社会には小説や演劇・映画、哲学から経済学、つまり様々な学問から現実の生活社会迄個人を取り巻く凡てのもの、過去から現在までの凡そ全てのものが含まれるのであり、それを消化し自分化（内省化）しているかどうかは別の問題である。

さて、今来の人達と以前からいる人たちや壮年者や老人世代の人々の間に意見の相違や行き違い、価値観の違いが有っても仕方がないのだが、それらが許せる範囲かどうかなのだ。今来の人々にも壮年者や老人世代の者はいるし今来と言っても昨日今日来た人だけではないし、在住者達と同世代の者は大勢いる。今来も在住者達も時間軸で言えば一、二年から、一〇年、百年といったスパンであり、もっと長いかもしれないのだ。今来も問題は各々が共通の価値観や死生観や共通の知識（コモンセンス）を持っているかである。そしてその価値観が今来の人々と在住者達のそれと限り無く近いものであれば大した問題はないのである。相違する部分が多かったり絶対許すことが出来ないとしたら、争うか服従するか無視するしか道は残されていないのだ。間に仲裁者が入ってもしこりが残り結果持越しの睨み合いであり、どちらかが何処かに移動転出するしかないだろう。人間は神ではないのだから。そして己の自由をどこまでセーブ出来るのかである。自由の概念も可成り曖昧なものである。何でもかんでも自分勝手に為し得る事が自由だとしたら、同様に相手もそうするであろう。己の自由と相対者の自由が敵対したら互いに許せる範囲で自己をセーブする事こそ真の社会、人間としての社会と言える筈である。

近年人間としての社会は意味を持たなくなってしまったかの様にさえ思われるのだが如何であろうか。人間の概念が属性であるべき筈の動物性にばかり偏り、人間の本来持っているメンタルの部分が軽んじられている様で残念である。オスカー・ワイルドの作品に「セルフィッシュジャイアント」という短編小説があったが、現代に於ける最も自己中心的な人間は誰なのか。人災ともいえる国家間の問題に携わる大国の人達のトップの名はすぐに思いつくに違いない。自己中心的な人々に偉大な作家は遠い昔に警告を発しているのだが、本人達は一向に耳を傾けようともしないのである。残念と言うしか言いようがない。

カラス戦争に見る遠くから泣き叫んでいる（鬨の声をあげている）のは連合軍（利益共同体）、電信柱の上でいたぶっているのは連合国側の主戦国、いたぶられているのは敵国、戦いを終結させたのは他ならぬ戦勝国側の長老達である。

同著「カラス戦争」は右記の様に読むことも出来るわけである。

ところで、緊急事態に於いては特措法は参考法とし、緊急事態法として時限立法とし、より強制力のある科料・刑罰を与えられる法規にすれば出来た筈である。そして科料金はコロナウイルス撲滅対策のために日夜奮闘している医療関係者の人たちの諸手当等に振り充てればよいと思う。このままではコロナ感染症は何時までも継続（存続）する可能性が大である。よほどの刑罰を科さない限りああいえばこう言う式の計算高い人々の社会は無くならないであろう。

緊急事態に於いては地方の自治権も規制（制限）される。各種経済活動の自由権（私権）も同様であり、各種団体も同様である。〇〇医師会等は国に対して意見や、して欲しいことをはっきりというべきである。但し、国立・公立・私立・病院の枠を超えた連携を模索し、人員や医療体制を構築しそれでも医療機関（病院・病棟）が不足している場合にである。医師や看護師・看護婦・レントゲン技師・外科医師・内科医師……など、人材の一時的派遣やコロナワクチン接種の技術者や介助者が足りないのなら小・中・高校の保健の先生・教師達（文科省の権限か）に数日仕事の援助を依頼してみては如何であろうか。注射をしてもよい資格を持っていれば大いにけっこうであり援助者としては最適であろう。

あらゆる場面を想定して、知恵を持ち合い出し合ってから結論を導き出して欲しい。

また、平時は地方分権でも緊急事態では国家の判断が優先されるのは世界共通であろう。昨年末頃国は飲食業の夜の営業を二〇時迄に短縮する様に東京都に対して打診したが、都側は緊急事態宣言で国が発出してくれないと二〇時では難しいと突っぱねたそうである。（理由は二〇時では閉めてくれる店と無視して営業を続ける店が出るから）とか。二一時の時は後者の店は二一時で店を閉めてくれていたのであろうか？

営業時間のばらつきは営業保証金の多寡や利益に影響を及ぼせ不公正感を助長している。

言うまでもなくマナーを守って生活をしてきた人と、いい加減に出歩いていたり国や地方自治体の決めた営業時間を無視していた者達、感染させる確率の高い不特定多数の者達の出入りしている店舗のオーナー側との対応には大きな差があるであろう。家籠りの人々も水道・電気代や生活必需品の購入には普段以上の金額を費やす結果にさらされているのだ。（白物家電や自動車・自転車や一人用炊事道具・ゲーム機が平年以上に買われているとのことである）

少なくとも前年度の決算書と比較して比例的に協力金を支払うべきであり一律に支給するのは問題である。これは少額年金受取者も同じである。生活保護者の方が高額支給されているのも問題である。

新型コロナウイルス感染症について　―二つの自由について―

ソーシャルディスタンスとは社会的距離・社会的間隔の事を指す。ここに言うソーシャルとは人と人が相手に関わる事が可能で、尚且つそれをしてよい必要最小限の約束事、暗黙の了解を指している。政府や公的な立場・専門家の人達が公言指示するのはそうした方が社会の理に適うし、誰にとっても損にはならないと確信しているからである。

新型コロナウイルス感染症という未解明の、正体不明の感染症の為、どのような時に、どのような状態で感染するのか手探り状態の中で、さしあたり感染の伝播を回避する為に発表・発信されたもので、自由を奪われたと憤慨したり、自分には関係ないと言う人はいない筈である。何故なら世界中で既に数十万人（現在五六万人）も死者が出て居り、場合によっては自分も何時死に至るか予断を許されないウイルス感染症であることが判明しつつあるからである。

昨今、歌舞伎町や池袋の夜の街、接待を伴う社交場や昼カラオケなどの仕事場が感染症に罹患する主な場所として指摘されている。自由を謳歌し自由を満喫する人々に対し、常識ある大人たちが盛んにその様な場所には立ち入らない様に呼び掛けていることに驚かされるのだが、彼等も人間として最低限のソーシャルディスタンスぐらいは守ってくれることと思う。マスク着用もしかりである。出来ないのなら人間世界から人っ子一人いない世界へ行って、人の気配も人の姿もない、人の造作したものの一つもない場所に行って、ドロップアウト、自主退出すべきであろうと思う。

他人よりも多くの金銭が欲しい、楽して稼ぎたい、そう思う人が大勢いるのであろう。その為にも上位の学校へ行き、知識やスキルを身に着けるのも一つの方法だが、単にそればかりでなく誰とでも会話が出来るくらいのコモンセンスや他人とのスマートな付き合い方を身に着ける様に、社会的な常識や社会的なルールを、先輩や教授や友人や仲間達から学ぶということである。勿論家族を含めてである。

社会は自分一人で成り立っているわけではなく、「カラス戦争」で書いたように社会には一定のルールがあり、また最小限のルールは必要なのであり、人と人の間にはルールイコール「法」が人間関係の緩衝材にもなっているのである。しかし「自分だけは絶対にコロナには罹らない」「自分には関係ない」そう思ったり考えている人が幾人もいるようである。マスクもせず満足な手洗いや口内洗浄もせずに粋がってみても、コロナウイルスはその攻め手を緩めてはくれないし待ってはくれない。いつ誰が罹患しないと決まっている訳ではないし絶対死なないと決まっている訳でもない。どうしても社会と上手に付き合っていけないのなら江戸の刑罰よろしく二の腕に墨でも入れるしかなくなってしまうだろう。（但しこれは重罪の場合であるのだが……。）

法は罰を伴うのであるが教育や指導、公共の福祉・公序良俗違反といった軽いものもあり、情状酌量もある。更に、緊急避難や心神耗弱、正当防衛といった文言もある。どのような罪に該当するのか、他人の立場になって考えてみては如何であろうか。願わくば法を必要としない社会が来ることを、である。

最後に「例外のない規則はない」という言葉があるが、例外を創らせる原動力は「正義」と「パッション」であると思う。さりとて「法」と言う巨大な城、難攻不落の城の上、屋上更に屋を重ねる事は限りなく不可能に近く、殆ど無意味であり時間の無駄使いである。社会通念上常識の範囲内で行動をしていれば、少しの不自由もない筈である。

ここに言う常識とは民主主義上の多数決で決定出来る範囲内の物事を指す。ロックダウン・営業時間規制に関しては期間を決めてする分にはさして問題は無いであろう。会社を経営するには元本・利益・余力があるのが必須条件であり企業規模にも拠るが最低一、二年間位の運転資金が必要である。世の中、良い時もあれば悪い時もある。全てを他力本願の国任せ人任せの自転車操業では他の人達が納得出来ないだろう。

議会で条例を制定してマスク着用・手洗いの履行・ソーシャルディスタンス・三密回避・夜の飲食店の出入り時間規制等の行為も守れないものは罰金付きで規制するべきであろう。序でなのでフリーダムとリバティについて少しだけ述べておくことにしよう。

フリーダムとリバティ

フリーダムもリバティも、ともに翻訳すれば「自由」という意味になります。その違いですが、フリーとは「最初から自由な状態であること」。例えば「野生（動物）」はborn-freeです。それに対しリバティ、リベラルであるというのは「不自由な状態から開放されたこと」ラテン語のleberという形容詞に由来します。

これはyahoo! 知恵袋のベストアンサーとしてフリーダムとリバティの相違の回答です。

さて、自由には二種類ある事をどれだけの人が認識しているだろうか？　フリーダムとリバティの二つの言葉をどちらも〔自由〕と訳したのは福沢諭吉公か大隈重信公であったと思う。気になる人は調べて頂きたい。

他でもない、受動的な自由と能動的な自由の事である。人間の基本的権利として勝ち取ったものをリバティといい、この世に生まれ落ちた時から備わっているものをフリーダムと言う。勿論生まれる前の胎児の時やそれ以前の受胎と同時に既にある権利として発生しているとする説もあり法解釈上はかなり難しい問題であるのだが、これとても取り決めておかなければ財産相続とかで内輪もめになる問題であるがフリーダムとリバティの境目は紙一重であると言っても過言ではない。その境になるのがこれまた曖昧な民主主義の概念・定義であるところの多数決の問題である。ご存知の人も多いと思うが民主主義の中の多数決の中からヒトラーが生まれたのはそう遠い昔の事ではない。（ヒトラーについては別途後日考察する事にします）

自由について

故意　　リバティ　知っていて（解っていて）わざとやる事　意識的に

未必の故意　こうすれば結果はどの様になるか想定して（予想して意識的に）行為に及ぶ、あるいは及んだ行為をいう。

過失　　フリーダム　知らずに又はうっかりしてやる事　無意識のうちに

マスクをもしない愚衆の一団がバスや電車を占領しようとして某駅で騒いでいた（シュプレヒコールを上げていた）。これはリバティの為の権利の主張とも言えなくもないが未知なるウイルスと向き合う為のマスク着用や三密の回避、ソーシャルディスタンスに関しては大半の人々が従っていた事に鑑みても、議論の余地はなく愚かな行為である。寧ろ社会性ゼロの集団とさえ言え、刑罰を科されても仕方のない行いであろう。

話が飛ぶがここでは緊急避難（事態）と正当防衛（理由）に関して参考となる事件を二つ採り上げて置こうと思う。

山口良忠判事事件とアンデス山中飛行機遭難事件

一つは日本国内で第二次大戦敗戦後に起きた法律家の餓死の件、もう一つは豪雪の中アンデス山脈で飛行機が遭難、度重なる捜索の後に数名の生存者が生還した（救助された）件である。

一件目は敗戦前後の食糧難の中で起きた事件である。戦争で国内外ともに食料が不足し特に都心部では、我も我もと食料を求めて親類縁者や農村を巡り、少しの食べ物でも衣類や宝飾品と交換して国民が生命を繋いでいた頃の事である。法律家（裁判官）であった彼は、自分は法律を守るべき立場であり法を犯すことは出来ないとして配給米だけで生活し、結果栄養失調で餓死してしまったという痛ましい事件である。果たして彼は他に生存する方法は無かったのだろうか。緊急避難や正当防衛と言った文言は彼の脳裏に浮かんでこなかったのであろうか。

二件目は海外での事件である。スポーツクラブの選手たちを乗せた航空機がアンデス山中で消息を絶ち数度に亘る山岳救助や飛行機による捜索が試みられたのだが、手掛かりもつかめず半ば絶望視されかなりの時間が過ぎ去ってから数名の選手たちが生存している事が判明、救出された事件であり、世界中が注視していた事件である。

前者は山口良忠判事の件で昭和二二年一〇月一一日没（餓死）と記されている。

後者は一九七二年エクアドルのラグビーチームが大雪の中アンデス山中で遭難！

しかし幾日か過ぎてから生存者が発見・救助された。誰もが全員死亡と思われ絶望の文字が世界中を覆い包んでいたのでニュースを知った人々は歓喜の拳を・歓喜の声を高々と挙げた。しかしどの様にして生命を繋いで生き延びたのであろう、まさか降りしきるアンデスの雪だけ食して……？

答えは生き抜く体力も気力も失くし死を意識し始めた者（仲間）たちが、誰かが生き延びてくれることを願って凍傷や怪我で傷み始めた自らの肉体・生命を友人たちに献上（移譲？）したのである。〝自分の分まで生きて欲しい！〟と。

大半のメディアは「人肉食し生存！」と報道。それを見知った大衆は半ば非難の嵐であった様である。

センセーショナルな報道。それに続く非難。後の映画作成。しかし、時系列を追って往けば刑法上の問題点が幾つも浮き上がって来る事件であった。


さて、自由について述べた中で民主主義について少し記したのであるが既存の法規が既にフリーダムとして容認されておりその法規を壊したり無視して従わないのは刑罰に処せられても仕方がなくこれは単なる法規違反であり刑罰を与えられても仕方がないであろう。これに反して新しい法規や理想の世界を得るために民主主義内の英知でそれを手中に収めたものがリバティである。その手中には新しい理想・改革・改善が無くてはならない。また血で血を洗う戦争や革命が許されたのは数十年も数百年も前までの事である。

民主主義の多数決を勝ち取ったこと自体がリバティとしての権利の行使である。ここに至るまでには多くの人々の血が流されてきたのであるが、その成果とし得たものが多数決による決裁である。勿論、選挙制度そのものもフリーダムとリバティとの闘争の産物の一つである。民主主義も間違えれば強権的な独裁主義や帝国主義に陥ってしまうのだが。

新型コロナウイルス感染症の地球規模の拡散に絡めて、自らの姿や本名を明かさなくてもいい事にSNSの匿名性を最大限利用して、感染者・病院・看護の人々を誹謗・中傷・揶揄・する者達が大勢いるようだが、彼らは何らかの大病に罹患している事に気づくべきであり、それは老人の痴呆症とは異なり、大半の彼らは他人の意見などには一切耳を傾けない、自己中心の利己主義による「我」の持ち主であろう。そんな暇があったら万人共有のコモンセンスや法律の知識を身に着けて頂きたいものである。（二〇二〇年一二月一〇日）

日本国憲法に見る自由について、もう理解頂けるであろう。即ち受動的自由・能動的自由の二種類があるにも係わらずフリーダムもリバティも自由と翻訳した事に大きな問題が有ったのである。

日本国において憲法が出来たのはそう遠い事ではない。明治時代の大日本帝国憲法（明治憲法）、そして敗戦後の日本国憲法。たかだか百数十年しか経っていない。前者はドイツやイギリスをはじめ欧州の憲法や法文や思想を参考に作られ、後者はさらに戦勝国のそれを吸収し取り入れたのである。簡単に言えば夥しい流血や多大な生命を犠牲として、それと引き換えに現在の憲法が成立した訳であるがそれらは現在においては既に受動的自由の範疇に組み込まれていると言っても過言ではない。

今何故多数決を声高に言わなければならないのか？　新型コロナウイルス感染症の対応について人々の行動を縛る法的根拠が見当たらないと言う見解が大多数だからである。であるのなら緊急時の時限立法として提言すれば良いのではないであろうか。勿論刑・罰を伴うものとしてである。課金された料金は国庫金として新型コロナウイルス感染症に対応して日夜奮闘してくれている医療従事者や病院に対する慰労金や資材・購入費などに充当すればよいであろう。単なるお願いや自粛要請では大半の者が従わないであろう。それに科料さえ払えば後は何をしてもよいという開き直った者達が輩出しない様にある程度の重罰もやむを得ないであろう。これはあくまでも時限措置である。新法を立てること（成立・可決すること）は能動的自由であり、ましてや市町村議員や県会議員とてそのエリアの住人・人々に選ばれた代表者達であるのだ。条例であれ国法であれ国民・住民に選ばれた代表者達である。現在、憲法その他の法規が受動的自由の権利として国民の間に認められているのだが、無ければ能動的自由の権利として民主主義に則って法規を創る努力をするべきであろう。これは能動的自由対受動的自由の戦いなのである。そして前者もいつかは受動的自由として大衆に認められていく事になるであろう。

これまで堅苦しい話が続いてしまったので少し言葉遊びをして終わりにしよう。

左記に記載した漢字をバラバラに区切って読むとどうなるか試してみて頂きたい。

人民共和国

⬇

人・民・共・和・国

人民の人とは人間界の中で知力も体力も全ての面で他者よりも抜きんでている者のことで自薦他薦は関係なく尚且つ胆力や権謀術策に長ける者をいう。民とはそれ以外の者、否それ以下の者を指す。王や神を排斥した後の人間界のトップ、即ち人とは、独裁者や専制主義者のことで上から目線で民を束ねる者である。共和とは独裁者・専制主義者の一部取り巻きの言を独裁者が丸め込んで共に皆で納得したことにした、共に和したと言うだけのことであり、独裁国であることに違わない。

現在までのところ○○人民共和国と言われている国の全てが独裁国である。（唯一マルタ共和国を除いては……）

序でに会食と家庭内感染と子供のマスク着用について考えてみたい。

会食について

「喋りながら食べるンじゃない！」「食べているときは喋るンじゃない！」

小さい頃両親から注意された経験の有る者は我々世代までなのであろうか？

口から食べ物がこぼれたり唾が飛んだりして汚いしみっともない、躾の出来ていない家庭だと言われたからである。これは家庭での一般道徳が出来ていない、躾が成っていないと見做されていたからである。

食事中は会話をせず、食後にマスクを着用して会談（会話）に参加すれば新型コロナウイルス感染に罹災する確率はかなり低下すると思われる。何もＴＶ映像の様に大げさにマスクを着脱しなくても良いだろう。咀嚼して飲み込んでマスクして、マスクを外して又食物を口に運んで咀嚼して……、の繰り返しの必要はないであろう。お酒や珈琲を飲みながらも同様である。一口飲んで時間（間）があく時、話したいのならマスクを着用し小声で話せば良いだろう。勿論各人の間にアクリル板の衝立を立てるのも一つの方法である。

これは飛沫感染の予防・防御には相当効果があるだろう。また家庭の団欒に関しても家庭内でも新型コロナウイルスに家族の一人でも罹患しない為に三密の回避や手指や指の間の洗浄殺菌をすることが重要である旨教育指導を徹底すること。それが家族にとっても彼ら個々人にとっても将来的に重要である。つまり、家族の将来や社会にとって一番大切である事を子供達に周知させ納得させる事である。如何なる人にも親や女房子供、なかには孫までいるであろう。そしてかけがえのない友人や仲間も……。重要な事は、今少しでも我慢して将来に備える事。その為にも最低限の社会的ルールを守るという事であり、守れない者には刑罰が科されても仕方ない程新型コロナウイルス感染症対策は緊急で危険な事態、切迫した事態でありその対応が必要であるという事である。

更に各県境を出入するのに顔写真入りの身分証明書の開示やコピーの提出をさせてはいかがであろうか。飛行機や船や列車や高速自動車道路を使用しての目的地への移動は出発地・到着地でのそれらの提示という事を義務付けるということである。買い物や飲食店でも同様。時代錯誤であると言われようと人権や自由の権利の拘束であると言われようとも。

その様な広範囲の硬くて高い囲い（塀）を創り、罰則でも付さない限り新型コロナウイルスは何時までも人類に纏いついて来るであろう。まさに自由に対する代償なのである。

平和ボケした日本人には一見まるで別の問題に思われるかも知れませんが外敵がいきなり攻め込んできたらどう対応するのか。日本の野党を見ていると専守防衛の論議を持ち出すまでもなく、攻撃されても同盟国や誰かが守ってくれるとでも考えているのであろうか。攻撃されてから議会を開いて審議して……などと考えているのであろうか。それでは日本は文化も民族も滅びてしまい国土も荒廃してしまうであろう。

ＴＶ放送の中で以前宮崎県知事をした人が全人口の二〇％の人は他人のいう事などは聴かない（従わない）と言っていたが、この仮説が真実に近いとするとこの感染症を弱体化することも撲滅する事も絵に描いた餅となるであろう。それにあちこちの歓楽街を日時・期間をばらばらに閉鎖しても働き手は他の歓楽街に流れていくだけであろう。鉄は熱いうちに打てと言う言葉があるが、すべての歓楽街を一定期間を決めて同時にロックダウンしない限り不可能であり、高効能のあるワクチンが早急に開発・市販されない限り、残念ながら国民の一人一人が必要最小限のルールを守って生き抜く以外に方法はないであろう。

子供達について少し気になることがある。子供や青少年者は新型コロナウイルスに感染しても重篤化しないと言われ、症状が顕在化しない様だがそのせいか親がマスクをして近くにいながら子供達はマスクを付けずに公園でボール蹴りをしたり追いかけっこをして遊んでいる。そう、親が注意をしてもマスクをしないのか注意はしないのか知る由もないのだが、家庭内感染が子供同士の感染に起因していないとは言い切れないだろう。

　コロナウイルス感染症がこんなに伝播する以前の事であったが、学校帰りの歩道上で年長組（中学生位）の二人がマスクを付けずに小学生位の四、五人の子供にマスクをしている事をからかっていた。寧ろマスク着用をたしなめていたようにさえ見えた。子供から子供へ、そして子供から家庭へ。家庭内から他の家庭へ、そして職場や通勤途上の人達へ……。無限循環を繰り返すメビウスの輪の様に感染が拡がって往く……。

空調換気設備について

　室内換気も度々言われているが機械換気は気密性の高いヘパーフィルターを使用しない限り細菌を他所にまき散らすだけではないだろうか。寧ろ豪雨や強風の日を除いて自然換気をする方が私には好ましいと思われる。

　右記設備のダクトワークについて一般の事務所用ビルのダクトワークはメインダクトから枝ダクトで各室に空気が送られ、部屋の大きさや使用目的によって空気量（新鮮空気）が、外気（ＯＡ）・再使用空気量（ＲＡ）・廃棄空気量（ＥＡ）が計算されている。概算三対七対三の割合の量で再使用空気が使われ三〇％が外部に廃棄される。簡単に言えば全体の七〇％は再使用されるのだが、一つの部屋でコロナ菌の感染者が居たらどうなるのだろうか。勿論外気（ＯＡ）も再使用空気（ＲＡ）もフィルターを通して（通過させて）各室に入って来るのだが、コロナ菌は再入室しては来ないのであろうか。コロナ菌は生きてはいないのであろうか。各空調機ごとのエアーフィルターは定期的に清掃されていると思われるが如何であろうか。ここまでコロナ感染者が増えてくると心配であるし、フィルターの交換業者も感染を恐れて受注を考えてしまうのではないだろうか。又市井の居酒屋やカラオケ店では家庭用の冷暖房機（エアコン）一、二台で空気の暖冷房をしている様であるがこまめにフィルターの掃除まで手が回っているだろうか。一般の家庭用の冷暖房機（エアコン）には外気の取り入れがされていない様であり、となると客の中にコロナ感染者が居たら心配である。室内空気を温めたり冷やしたりでは感染者が増えるばかりであり、時間ごとに新鮮な外気を取り入れたり排出したりしなければならないのだ。そして問題なのはこの新鮮と思われる外気の事だが、各店舗で同様の事をしていては外気自体が汚染されているという事になり感染者は伝播し増えていくばかりである。問題はコロナ菌は空気中にどれ位の時間生きていられるのかである。小規模な場所で実験をした様であるが室外で強い風が有ったらかなりの距離を飛んでいく事だろう。店舗の中だけが感染拡大の場所だとは思えないし、感染者の増加に加えて最近病棟の増設が盛んなようであるが空調システムは安全なのか気になるところである。

勿論、大病院では換気用の高性能フィルターを使用して患者に対応していると思われるがフィルターの交換や業者対応は万全であろうか。コロナ感染症の初期の頃、子供や青少年者は罹患しないと言われていたが最近は罹患率が上がってきている。ヘパーフィルターの交換や各種の空調機器の点検も万全を期して頂きたいと思う。（コロナ菌の垂れ流しにだけはしないで戴きたいと思う。）

少し休憩を入れましょう。

「ギーヨ」・「京都の上に雪が降る」

あなたはこの二つの詩を読んだことがありますか？

だれが書き何が言いたいのか、どのような立場で何を視てどんな考えから書かれたのでしょうか？

さらっと素直に読めば何の変哲もない詩ですが、単語を置き換えると無限に恐ろしい詩になることに気付くことでしょう。

京都の上に雪が降る

京都の上に　雪が降る
すべての生命（いのち）を　眠らせて
静かに　静かに　雪が降る
涙も笑いも　繰り言も
すべてを包み　かき消して
果てなく　広く　白い雪
京都の上に　雪が降る
すべての歴史を　眠らせて

静かに　静かに　雪が降る
戦（いくさ）　武士（もののふ）　阿鼻叫喚
すべてを包み　かき消して
果てなく　広く　白い雪

京都の上に　雪が降る
すべての苦悩を　眠らせて
静かに　静かに　雪が降る
過去（きのう）と　今日を　浄化して
未来（あした）　未来（あした）へ　引き繋ぎ
果てなく　広く　白い雪

「京都の上に雪が降る」
雪の代わりに近現代、地球上に降りかかっている災いを、また、京都の代わりに馴染みのある都市の地名（外国でも構いません）を当て嵌めてみてください。

音感の良い詩人は「京都の街に雪が降る」と書いたかもしれませんが、この作者はあえて「京都の上に……」と表現しています。それは地球外の彼方から、あたかも神の目で日本の京都を見つめているようです。歴史が幾重にも積み重なった古都京都。喜怒哀楽の織り成す日々の中、戦争や災いもあり、その時々でも人々は生きて、生活をし、生命を繋いできたのでしょう。しかし京都のみならず世界中の何処でも、今は全てをリセットしなければならない時期かもしれません。

ギーヨ

ギーヨ　お前は　独り
ギーヨ　うたを　歌っていたね
ギーヨ　お前は　微笑む
ギーヨ　涙たちを　ポッケにつめこみ
　あ、ギーヨ　お前
　涙なんて　忘れちまったと
　うそぶいてみても　ギーヨ
　故郷（くに）を愛し　友を愛し　人間（ひと）を愛し
　そして　そして
　蔑まれ　ののしられ　裏切られても
　お前の　お前の　瞳は
　曇らなかった

ギーヨ　醜い　名前と
ギーヨ　他人（ひと）は　笑ったけれど
ギーヨ　お前は　愛した

ギーヨ　言葉よりも　溢れる心で
あ、ギーヨ　お前
昔なんて　忘れちまったと
うそぶいてみても　ギーヨ
海を愛し　鳥を愛し　陽ぐれを愛し
そして　そして
くち結び　涙ため震えてたほど
お前の　お前の心は
清らかだった

あ、人間（ひと）は　幾度　愛を夢みて
あ、人間（ひと）は　幾度　泣けばいいのか
ギーヨ　さよなら　さよなら　ギーヨ
お前の　去った町に　夕陽が　沈むよ

＊太字部分……繰り返し

「ギーヨ」
名前が醜いという普通の生活者からみれば大した問題にもならない事が本人にとってはいじめられる種になり、しまいには故郷を去ることにまで発展してしまい、彼の去っていく彼方に夕日が沈んでいくという詩です。何とも物悲しい詩ですがどこか美しい詩です。どう解釈するかはあなた次第です。

近現代法が成立するまでの簡単な足取りを記しておきたいと思う。

近現代法が成立するまで

アフリカからの旅立ち　往く道の選択（方角・方位・目標物の選択・指示）　リーダーの存在　不可思議な能力者の必要・要求（存在）　存在者としての階層・階級の発生　霊能力者　占師の権威・権力の獲得とその取り巻きの権力の集中　富の集中と分配の格差の発生　喧嘩・小競り合いの発生と和解の取りまとめ　勝者・敗者の発生・派生　仲間との別れ・独立・分離（親族からのそれも含む）

既に原始時代にリーダー・喧嘩（戦）・独立・分離があり、力による富の獲得・保有量の差の発生が予測される。そして狩猟・漁猟の時代に使用した道具類は相手を倒すための武器にも応用されるようになる。奈良・平安・鎌倉・室町、群雄割拠の戦国時代・巨大な組織構造の構築と太平の世（?）の江戸時代・欧米の外圧による開国・西洋文明・文化の取り入れから明治・大正・昭和・平成・令和の現在。

（勿論太古の時代に天皇制の成立があったことが予想される）

人間と他の動物との相違は直立歩行、火の使用、道具使用、言語の使用それらの応用等々である。時代が進むにつれて組織化がはっきりし、仕事の分担も明確に分離していく。そして、諸々の格差が派生、全てが肥大化していく。仲間の生活や組織を守るために組織を大きくし強靭なものにする。そのための戦争や権力の集中へ……。そして現在から未来へ……。

民主主義と個人の自由　―パリサイ派について―

「社会と自由と烏」の中で少し述べておいたのだが、他者の事は一切考えず気にも留めずに自分一人で考え行動することが自由と言えるのであろうか。ここに言う他者とは一人でも複数人でも構わないのであるが。著名な作家がある作品で「我意」と表現していたと思うがなるほどと思える部分が多々ある。「他人のことは感知しない！」この様な人は人間社会の中でどの様に生きていくのであろうか。というよりも「社会人の資格」はなく、いってみれば人間失格である。幸か不幸か「社会人」として認められる様な、大学入学試験の様な資格試験もなく、つまり社会人資格試験合格というレッテルやパスポートもなく、一定の年齢に達すると各市町村で成人式が執り行われ、社会人の仲間入りをしたとして祝福されるだけである。

個人の自由と社会

話は飛ぶが以前から頭の隅にあった『「パリサイ人」について考えていたところ千葉紀氏の「パリサイ派とは何か」――現代に問う　補遺　聖書を側面から理解するために』と題された論文を発見。ＰＣで検索し精読。サブタイトルにあるように聖書を一度でも手にしたことのある人には非常に解りやすく解説され、さらに空覚えの、記憶の片隅にある地名や聖書に出てくる単語、なんとなく勝手に解釈していた単語などが詳しく解説され、目から鱗といったところであった。議論のための議論ばかりしている人々・法の細々とした部分をああでもないこうでもないと議論ばかりして時間ばかりを弄んで少しも前進しない、船頭多くして船山に登るといった連中の集まりがパリサイ人（びと）の様に見えていたのだが中々そうでもなさそうである。旧約聖書の成り立ちや新約聖書との相違や繋がりについても詳しく述べられている。

〔「規律重視」という活字を紙面で見たとき、「パリサイ派」という言葉が浮かんできた。「パリサイ派とは何か」というテーマで論じることは、決して二千年前の昔話を考えることではないどころか、現代社会を考えるためにも重要なことである。更に「パリサイ派（的）」というのは、いわゆる小市民か又は偽善者と解釈するのか――という友人の質問を念頭に「パリサイ派」について論考していきたい。二千年前、「偽善者」とイエスに言われた人間たちが、二千年後の今も「正論」を吐いて闊歩している。新約聖書が何故、最初ギリシャ語で書かれたのかが重要である。」〕（傍線はサハラ）

以上が筆者が論文の中で展開していきたい点である様であり、大いに興味をそそられるのであるが、興味のある方は同著を是非手に取って読んで頂きたいと思う。今回は先を急がせて頂くことにした。

個々人の生活行動変容は、ユダヤ教からキリスト教への基礎知識が少々必要になるが、日本人の大半が儒教や仏教の世界観から（明治時代・大正デモクラシー・昭和初期・戦後昭和期・平成の自由主義の時代の世界的な自由主義観に変容（変移）していったようにさほど難しい事ではない。

公権・私権・民主・大衆・衆愚・ポピュリズム・止揚

民主主義にみる公権……私権を有する者の代表者達が合議の末に決定を下すものであり、その為の多数決があり賛否同数の場合は議長又はその同等の権限を有する者の意志で決める。従って会議とは私権のぶつかり合う場所でもあり全てが発議者の意のままになる訳ではない。

理不尽な公権、納得できない公権力の行使とは、他でもなくその様な人物を代表者に選択した人々のレベル・所謂民度が問われているのである。ヒトラーやトランプといった政治家を一国のトップとして据えたのはその国の人達なのであり一国の下部組織（県・区・市・町・村）の政治家を選択し採用したのも同様である。即ち政治家の人格や資質に不満があるのは選んだ人々にも責任があるという事である。

ポピュリズム・大衆――・民衆――・衆愚――⇒　日和見主義
ヒトラー・トランプ・各党党員の政治姿勢
大衆に毛の生えた程度の民衆
明治・大正・昭和時代までの元老院・貴族院等　物事の分別が出来る人達による参議院が必要にさえ思われるのであるが如何であろうか。

復古調であるとか戦時体制の復活であるという人が多数現れるであろう。しかし、緊急時に如何なる体制や法規が必要とされるであろうか。如何なる体制や法規が最上のものとして用意できるのであろうか。

新型コロナウイルス感染症は今でこそ少しは正体が見えつつあるのだがやはり変異しながら地球上の人間や動物（ゴリラ・ライオン・犬・猫）等々にも感染を広げ急速な勢いで拡散し伝播している。この様な緊急時にどう対処するのか。民主主義の多数決は有効なのか？　まかり間違えばヒトラーの再現にもなりかねないのだ。

答えは神のみぞ知るでは何一つ解決しないであろう。

裁判官資質を有する様な高度な広範囲な知識と処理能力のある政治的判断のできる人格者・政治家の出現が望まれるところである。

時限立法とはその法が適用される期間を一定の期間と定めて成立される法である。今回の新型コロナウイルス感染症に関していえば流行し始めてから一定の期間が過ぎても一向に回復するどころかその目途も見えず、今までの感染症とは異なり、その脅威が更に増大しており、重篤者や死者数も増加している。未曽有の事態が現出している。日本で拡散し始める以前から既に世界中で大惨事を引き起こしており欧州各国ではロックダウンさえし始めていた。このような国民の生命財産に関わる緊急かつ重大な事態が想定される場合の立法手法として時限立法を提案したところである。

つまるところ現行日本の政治体制で全国民に指示命令を発出出来ない、若しくは手續に著しく時間を要し国民の生命・財産に限りなく不利益が及ぶと言った場合に緊急避難として時限を定めて成立させる法規・法律である。時限的にはウイルス対策のワクチン接種が相当数の国民に行き渡り、生命存続にさしたる身体上の被害の無かった時と考え、それまではかなりの私的権利（私権）が制約される事になる。……蔓延防止法のお願いや要請ではなく命令であり罰金刑とし、徴収した金銭は国庫に納め、その取り締まりや病院勤務者、なかんずく重症患者の治療・看病に携わった人々の手当・ワクチン接種等に駆り出された医療従事者の過剰勤務手当等に振り向ければよいであろう。（勿論不足分は国負担である）

自由には子供の自由・青年の自由・大人の自由があると思う。青年の自由の中に単なる理由なき反抗では困るしはた迷惑でもある。止揚された自由にこそ真の自由はあると思うのだが如何であろうか。

序でですので
カラスの鳴き声（泣き方）も記載しておきます。
カラス戦争の中でカラスの鳴き声（鳴き方）を拾い上げてみましたので少し烏の鳴き方（言葉）を記しておきます。人間の赤ちゃん言葉に聞こえるものもあります。想像してみて下さい。

カァー、カァー、カァー、……
カワッ、カワッ、カワッ、……

カッ、カッ、カッ、……
ァワッ、アワッ、アワッ、……
カヮ、カヮ、カヮ、……
カゥッ、カゥッ、カゥッ、……
カウォ、カウォ、カウォ、……　⬇　カヲッ、カヲッ、カヲッ、……
ヵウォ、ヵウォ、ヵウォ、……
ゥクァー、ゥクァー、ゥクァー、……
ゥワァ〜、ゥワァ〜、ゥワァ〜、……
クワゥー、クワゥー、クワゥー、……
ゥグァー、ゥワァ〜、ゥワァ〜、……
ワアー、ワアー、ワアー、……
グワー、グアー、グワー、……
ゥガー、ゥガー、ゥガー、……
ガー、ガー、ガー、……
ガッ、ガッ、ガッ、……
アッ・アー・アッ、アッ・アー・アッ、アッ・アー・アッ、……
ア〜、ア〜、ア〜、……
等々、他にも音声を拾いきれない程である。

熱　海

―ショートストーリー―

ナナハン埠頭より伊豆山方面を望む

熱海湾から伊豆山方面を望む

カラス

車道を渡り色とりどりの大きなタイルの敷き詰められた広場を横切り、やがて四、五段の階段を上がると目の前に何艘ものヨットが見えた。

海を向いたレインボーデッキには背の高い棕櫚の木が五本あった。頂部に青々と葉が生い茂り、夕陽の中、柔らかい風に吹かれそよいでいた。カラスが幾度となく威嚇するような声で鳴いた。階段を上った左側の木の頂部で、そして右側奥から二番目の木の頂部でさっきの声よりも大きく三、四回続けて鳴いた。鋭く威嚇するように……。

数日間夕刻になると強い雨が降り、昨夜は風も吹き荒れていた。

早朝私はデッキ迄散歩に出てみた。先日同様カラスのけたたましく威嚇する声。足元を見ると黒い塊が頚から上をひねり上下左右に動かし、目を見張り、私に気づくと立ち上がり、よろけながら飛び跳ねていく。何ともおぼつかなく、さらに幾度も羽ばたきをした。が、しかし羽を広げて飛ぼうとするが飛ぶ事ができない。棕櫚の木の頂部、葉隠れにカラスの巣があり二、三日続いた雨風に子カラスは巣から落ちてしまったのであろうか。

彼は幾日か背の低いヒバの木やデッキと広場を仕切っている鉄柵のフェンス、それを這い上がる大きな葉を茂らせた蔓草の根本、無数の雑草の繁茂した隙間や、下草の間を隠れ歩きしていた。じっとしていれば見えないのだが子カラスが動くたびに葉が揺れ、彼のいることはすぐに判ってしまう。頭隠して尻を隠さずである。

七日間位経ってからその近辺を散策した時には彼の姿を見ることは出来なかった。頭上では今日も二羽のカラスが威嚇するような声であちこち飛びながらけたたましく鳴くばかりであった。

子カラスは何か他の、カモメやトビや猫に襲われてしまったのか誰かが保護したのか、杳として行方を知ることはできなかった。

もう飛べるようになったのだろうか。ぴょんぴょんと跳ねてはよろけ、よろけては跳ねて向きを変え、茂みの中に隠れてしまった小さなカラス。羽ばたく事さえ儘ならなかった子カラス。それでもカラスはカラスである。手で捕まえて保護するには身体全体が不気味な程黒く艶光りし、さらに真っ黒な目（瞳）で睨みつけている。棕櫚の木の上やヨットのマストに留まって相も変わらず親らしい二羽のカラスが甲高い声で鳴き、威嚇していた。

あの光景はもう見られないのだが、今日も親らしいカラスが棕櫚の木に摑まって甲高い声で鳴いていた。棕櫚の木の方に行くとカラスは他の木に飛び移り、あるいはヨットのマストに飛び移り私との距離を一定に保っていた。この二羽のカラスは成鳥の親鳥にしてはどこか小さく見える。そう思ったのは私だけだったであろうか。棕櫚の木の頂部に営巣し、子育てをし、強風雨にさらされ、吹き飛ばされて、子カラスは地上に落ちてしまったのであろう。

想うに、新婚の若カラス夫婦だったのかも知れない。

一週間も経った頃何時ものようにデッキ迄散歩に行き、何気なくあの棕櫚の木を見上げてみた。しかし二羽のカラスの姿はなく、ヨットハーバーの遥か彼方に純白の積乱雲がいくつも湧き上がっているばかりであった。

夜半、遠く微かに聞こえるカラスの声を耳にしたのは私の空耳だったのだろうか。

朝。カラスの鳴き声で目覚める。大きな声でカァカァと五月蠅い。三〇分前には綺麗な鳴き声の鳥達の囀り。数種類の小鳥達が川下の方に餌を求めて降っていくのであろう。

悪い事に五月に入ってからカァカァと連続して八回大声でなくカラスが現れた。今までは多くても六回だった筈なのだが。時には三回、時には四回の鳴き方もあるがこれは何かのサイン、例えば人が来るぞとか危険だぞとかいった仲間同士の連絡用の鳴き声であるのだろう。たった三〇分後にはこの世のものとも思えない濁声。天国から地獄へ突き落とされた感無きにしもあらずである。

八回鳴く。それも間隔も短くとてつもなく大きなしゃがれたような声で。日の出が早くなったとはいえまだ薄暗い四時半位であり、咽喉が壊れはしないかと心配になる位である。つい最近までは六回連続して鳴くカラスが幅を利かせていたのに、カラス戦争でもあったのであろうか、縄張り争いにでも敗れたのであろうか。澄んだ高い声で六回鳴くカラスの声は殆ど聞く事がなくなってしまった。

鳥たちの世界も殊のほか世知辛い、住みづらい世の中になってしまったのであろうか。

シーサイドのごみ箱はカン、ビン、燃えるゴミ、生ゴミ、……、等分別して処分するように大きな鉄製の丸いカゴが置かれ、更にその内側にあるビニール製の袋の中にきちんと入れるように指示されている。

カラス達に字が読める筈もなく、カゴの中身、そう、生ごみこそ彼らにとっては貴重な餌なのだ。辺りは散乱したごみの山である。

散歩で近くを通る時、人の気配を感じてカラス達が一斉に飛び立ち、木の枝や消灯したばかりの外灯の頂部に飛び移り、人の気配がなくなった時を見計らって舞い戻る。近くにいる見張りのカラスが指令を出しているのであろう。

六回鳴くカラス。八回鳴くカラス。世代が変わろうとボスが変わろうと人間との共存は難しく、ゴミ処理の問題と彼らのけたたましい鳴き声の問題はイタチごっこであり、知恵比べごっこであった。

人伝に耳にした話なのだがカラスには三種類あるそうである。嘴細カラス、嘴太カラス、そしてここ数年、朝鮮半島を南下、日本列島に飛来、全国に拡散し住み着いてしまったカラス。そう、朝鮮カラスの三種類である。

なんともはやカラスも国際化したものである。どうも地球環境の温暖化や潮流の変化（黒潮の大蛇行）などの所為らしいいのだがはっきりはしない。

ある日のこと商店街の裏通りを歩いていくと、電信柱の上に二羽のカラスが居た。一羽が羽をパタパタさせながらカァカァと幾度となく泣きわめいていた。電信柱にはトランス（変圧器）があり電線が幾本も繋がれていた。一羽のカラスは餌らしいものを嘴で挟み、それを取られまいとして背中を向けており、暫くたってから半分くらいになったそれをもう一羽に口渡ししようとしていた。その短い時間の間にもさっきのカラスは甘えん坊の子供のように羽を激しくバタつかせるのだった。やがて泣きわめいていたカラスがもう一羽から嘴で何かを受け取り、嘴に銜え、おとなしくなった。争っているように見えたカラスはもう一羽から餌をもらい、それを食べたのだった。一〇メートルくらい離れた電線にもう一羽のカラスが止まっており、一部始終を見ており尚且つ敵が来ないか見張りをしているようである。

食べ終わると一回り小さなカラスは電線に嘴をこすりつけ、口の周りの汚れを落とし始めた。一羽は子カラスで二羽は親カラスと思われ、この三羽は家族だったのであろう。

故意か過失か満足に飛行も出来ない子カラスを強風に煽られ、巣から落としてしまった若いカラスのカップル。不可抗力なのか子育ての一手段としてわざと棕櫚の木の上から追い落としたのか、子育て途中に子を手放すことになってしまったカップル。どちらにしても生物を含め自然界のすべてを知ることはまだ先になりそうである。

朝鮮半島を南下して何時の間にか日本全土に住み着いてしまったと言われるカラス。六回鳴いたカラス。八回鳴いたカラス。どちらが半島カラスか、どちらとも違う昔から日本列島に住んでいたカラスか。私には判断する術もなかった。

夜半、遠く微かに聞こえていたあの鳴き声は、棕櫚の木から落ちた子カラスの幾らか成長した、親を探す鳴き声だったのかもしれない。

二〇一九年七月五日

アオッチ

風も春めいてきたある朝、何時ものように海まで散歩に出かけた。海は波も穏やかで初島へ向かう定期船が遠くに見てとれた。これまでの冬の寒さがまるで嘘のようである。風もなく青空が広がり、初島が、そして右手前方に伊豆大島がくっきりと見える。

ベンチに腰を下ろし煙草を吹かす。今いるこの場所にはスタンド型の四角い縦型の灰皿が設置されているが、あと数年でここでの喫煙も不可能になるだろう。煙草は身体に悪い、周囲に迷惑だといわれながら相変わらず販売され、その中には税金も含まれている。いっその事販売しなければとさえ思う。

おもむろにベンチから立ち上がり対岸に釣り人を探す。正面の有料の釣り場は既にかなりの人が釣り糸を垂らし、右手の無料の釣り場にもかなりの人数がいる。一度家に帰り釣りに出かけようと思い糸川に沿って帰ることにした。

青紫のブーゲンビリアや深紅のハイビスカスの花が糸川を覆い隠すようにして咲き乱れ、梅や桜もちらほらと咲き始めている。花々の蜜を探して小鳥達が川を下っていく。美しい鳴き声を競い合い、歌を歌うかのようにして。梅よりも桜が先に咲くのはここ熱海だけかもしれない。

家路へ向かう蛇行した道を上っていく。かなり緩い勾配なのに薄っすらと汗をかく。無風そして快晴のせいであろう。瑞々しい緑色の若葉を茂らせた桜の木の下に一台の自転車があり、前輪の上に籠がついている。

突然、頭上で短く囀りあっていた二羽の小鳥が取っ組み合ったまま籠の中に落ちてきた。私は驚き、咄嗟に籠の中に片手を入れ小鳥を助け出そうとした。一羽は素早く私の手をすり抜け飛び去り、もう一羽は私の手の中に捉えられてしまった。小鳥は瞬間身動きができずきょとんとし、じっとしていたが親指と人差し指そして他の指を少し緩めた途端、私の手からするりと抜け、あっという間に木々の枝の間隙を縫って飛び去って行ってしまった。薄緑色の、そう二羽とも鶯色の小鳥であった。少年の頃アオッチと呼んでいた小鳥か鶯であったのかは定かではなかった。

私はハッとした。手の中に小鳥の肌の温もりがはっきりと残り、広がっていた。（小鳥にも体温があるんだ！）この年齢になって普段気にもしていない生命の営みに改めて驚かされたのだった。

いずれにしろ小鳥は無事であったし空は青いし無風。私は何故か晴れ晴れした気持ちになり、心も軽く勾配のいくらかきつくなった糸川沿いの道を上っていった。もしかしてあの取っ組み合いをして木から落ちた二羽の小鳥は、餌の取り合いで喧嘩でもしたのだろうか？　いやいや恋に夢中になりすぎて足を踏み外してしまったのかもしれない。

今日は釣りに行くのは止めることにした。

二〇一九年七月七日

※アオッチ　目白または鶯の地方での呼び名

ツバメ

四月頃からであったろうか、五月初旬頃からであったでろうか。空中を上に下に右に左に、軽やかに飛び交う小鳥が姿を見せ始めた。梅雨なのかと思われるほど蒸し暑い日であった。かなり温度も高く感じられる。そう、現れたのはツバメであった。

数年前、仲見世通りの裏の坂道を下りかけた時、軽やかにツバメの飛び交う姿を見た。昨今有名になった熱海プリンの近くの商店の軒下にツバメが営巣し、チイチイと餌の催促をして鳴き声を立てていた。思い切り首を伸ばし、黄色い嘴を開けて。巣の真下に風で飛ばされないように置き石をして新聞紙が置かれ、新聞紙の上には頭上注意！　と大書されていた。

家内と二人して、もうツバメが来ているのだと妙に安堵したものである。確か三、四羽の小さな頭が見え隠れしていて、なんとも愛くるしかった。

熱海に春の来るのは早い。柔らかい風が坂道を上り通り抜けていく。曲がりくねった坂道を歩きながら海を目指す。途中、あちこちに鉢植えが置かれ、花々が咲き競っている。赤・青・黄・薄紫。時折海が眺望される。穏やかな海。ヨットハーバー。青い空。初島。伊豆大島。定期船。遊覧船。ケーブルカー。山頂の熱海城。ホテル。

糸川迄歩き、川沿いを海へ。川の上をかすめる様にしてツバメが飛び交っている。餌になる蚊や羽虫を捕食しているのであろう。思えば東南アジアから何千キロもの道のりを、あの小さな体でよく飛んで来れたものである。渡り鳥は止まり木を銜えて来るというがあの小さな体で本当であろうか。俄かには信じられない。

川沿いの蕎麦屋に立ち寄り、軽めの昼食を取り、海へ。

聞いた話なのだが、ツバメは一シーズンに二度卵を産み、子育てをするそうである。さらに、巣作りは飛来した順に前年の空いている巣を探しそれを補修したりして住むとの事。つまり早い者勝ちだそうである。尤も初めから自分で、自分たちで居を構える豪傑ツバメも居るらしい。

レインボーデッキの石のベンチ（長方形の石の台）に腰かけて、私たちはこんな他愛もない話をしながら時を過ごすのだった。

ヨットハーバーにはヨットやクルーザーが幾艘も係留され、係員によって或いは清掃され、或いは壊れている部分は補修され或いは塗装を施されていた。あたかも出番を待ち焦がれている舞台女優のように……。

空はどこまでも青く広がっていた。

身のこなしのスマートな小さなツバメが、もうすぐ夏が来るぞ、冬は終わったよ！　と励まし、急かしているようで、身も心も弾むようであった。

二〇一九年七月一一日

カモメ

河口にはたくさんのカモメが波に揺られ浮かんでいた。頸から上、頭部を何度も海面に素早く出し入れしている。見ていると顔の右、左と幾度も繰り返している。海面に当たるときにしぶきが跳ねる。かなり強く海面に当てているようである。二〇羽ほどのカモメの殆どのものが同じ様な仕種を繰り返し、やがて四、五回羽ばたきをし一羽が飛び立っていった。一羽また一羽、羽ばたきを繰り返し飛び立っていく。まるでルーティンかセレモニーのように見える。

飛び立つもの、着水するもの、仲間のど真ん中に舞い降りるもの。何れも先ほどのカモメのような仕種をしたり、翼を海水に入れる様にして羽ばたきを繰り返したりしている。一説によれば身体についた虫を落としているのだそうである。さらに空中を飛び回って付いた砂や埃や脂分を洗い落としているのだとか。してみると人間同様風呂に入っている感覚なのであろうか。大した綺麗好きである。見上げたもんだよカモメ君！　……である。

スカイデッキの欄干の上で一羽のカモメが大声をあげて鳴き、叫んでいる。「来るな！　ここは俺の特等席だ！　お前ら下っ端が来る場所じゃぁねぇ！」

多分こんな内容なのであろう。辺りの他のカモメをしきりに威嚇している。今にも噛みつかんばかりの目つきで態勢を低くして、与太った格好で欄干の上をあちこち歩きまわり終いには皆を追い払ってしまった。

そのカモメは私の方を向き今度は私を睨んで大声をあげて威嚇し鳴き叫んでいた。私が近づこうとすると他の欄干に移り、汚い声で鳴き、さらに近づこうとすると他の欄干に飛び移り威嚇し……の繰り返しであった。「カモメのボスは俺だ！」と言いたかったに違いない。

他のカモメ達はとっくにその場所を離れてしまっていた。彼は嫌われ者だったのであろう。数日間は例の威嚇するカモメがいたが一〇日目頃から姿が見えなくなった。仲間から煙たがられ、異性からも嫌われ、トップにはなれなかったのだろう。カモメらしからぬカモメであった。

彼らカモメにもチームAとかチームB、壮年組Aとか少年組Cとか、夫々まとまって行動をしたり敵対したり、縄張り争いをしたりと、かなりはっきりした役割分担や序列、秩序があるようだ。チームに入れないもの、はみ出してしまっているもの、リーダーらしからぬリーダーをトップにしているチーム。厭々ながらそのチームと行動を共にしているもの、リーダー争いに挑むもの。

なんとも人間社会の縮図を見ているようである。カモメにも品性やおおらかさが欲しいのだが、姿かたちからは程遠い鳴き声である。翻って見るに、人間社会に何を求めればよいのであろうか？

鳩

スカイデッキに出ると必ずと言ってよいほど鳩が飛来する。長方形の背の高いかなり大きな灰皿があり愛煙家には願ったりかなったりの場所でもあるのだが。

はじめはスズメが一羽か二羽。しばらくして五、六羽。やがて誰かが餌を与えると欄干に留まっていた鳩達もあっという間に飛び寄って来て一〇羽・一五羽に膨れ上がる。他の仲間を押しのけてでも餌を取りに来る。

浅ましいというより本能そのものなのであろう。餌を最初に探し当てたスズメはそのとばっちりを受けて後ろの方に追いやられてしまい仕方なく草むらやほかの場所に飛んで逃げる。餌を取り合い押し合いへし合いする大きな鳩たち。後ろの方でうろうろしながら機会をうかがう小鳥たち。多分この春に生まれたばかりなのであろう。

餌を投げた人がそれを見兼ねてか、小鳩のいる遠くをめがけても一度餌を投げる。あっという間に初めの餌を食べ尽くしてしまった大きな鳩たちが一斉に移動する。雀達や小鳩たちは結局小さな餌を少しだけ食べることが出来ただけであった。

餌を求めて飛来し、食事戦争に参戦した鳥たちは鳩だけではなく、スズメ、カラス、カモメ達であった。餌をあげた人も初めは小鳥にあげようとしたのに、意に反して大きな鳥にそのほとんどを食べられてしまった。結果、も一度遠くに餌を投げることになった。カラスは一羽で参戦していたがカモメ同様、暫くするとどこかへ飛んで行ってしまった。

概ねカラスは鳩たちの中には余り加わらないようである。

カラスはカラスで、鳩は鳩で、カモメはカモメで集まるようだ。更に生まれた年恰好や体の大きさによって集団を編成したり、家族単位や、一族単位で行動を共にしているようである。

私は暫くの間それを見ていたがあまりにも変わらないいつも通りの展開に、やれやれと吐息をつき煙草に火をつけた。

硬い、樫の木でできている木製のベンチから立ち上がり、煙草の火を消し、それを灰皿に捨て、レインボーデッキの方へ歩いて行った。

すると目の前二、三メートルの所を鳩が二羽、私の行く方角に大きなお尻を振りながらちょこちょこと進んで行く。二羽とも急ぎ足で。何時ものことなのだが何故か鳩は人の前を歩きたがるのだ。くびすを返して横に逃げるとか後ろにまわるとか出来ないのだろうか。

それにしても先人達はデゲッハトムネとはよくいったものである。一寸見、ほかの鳥と比べ、胸が出ていて殊のほか臀部が大きく見て取れるのだ。

私が追いつきそうになるとついに業を煮やしたかのように、バタバタと羽音を立てて二羽の鳩は飛び立っていった。そう、すぐに方角を変えて私の後方の空へ。初めからそうしてくれれば好かったのに……。

海原の遥か彼方に積乱雲が立ち上がろうとしていた。

スカイデッキには「鳥や猫に餌をあげないように」と書かれた看板が掲げられていた。

二〇一九年七月一四日

鴨

マックスバリューに行った帰り、初川に沿って下る。海まではそう遠くない筈である。

早春の日差しが心地よい。川に沿った坂道を下り始める。右手の川の中を何気なく覗いてみた。川底を苔らしいものが覆っている。さほど深くはないのだが川の流れはかなり早い。川の蛇行した所に鴨が七、八羽一列になって、水流に流されまいとして足を踏ん張っている。見ていると各々幾度も水中に顔を入れては出している。水底の苔を食べていたのだろう。

列の中には見るからに小振りの者も二、三羽居り、親子の、家族のようである。

対岸に架けられたコンクリートの橋を渡る。一〇メートル位先の橋の下にやはり鴨の家族がいた。否、家族というよりも、同じ様な年恰好の同じ様な体系をした、青年部壮年部といった感じの鴨たちである。あちこち泳ぎながら獲物を狙い食べていた。一陣の風が川面を吹き抜けていく。鴨の羽を少し逆撫でして。それでも鴨は泰然として餌を啄ばんでいた。

川沿いにある喫茶店Tに寄ってみる。月に一、二度顔を出すのがお決まりだったが今月は初めてであった。

「あら、久しぶりネ！　お元気でした？」

「ご無沙汰しています。お元気ですか？」

お決りの挨拶を交わし、コーヒーを。

「この川にも昔は沢山の鮎が上って来たけれど、最近はだんだん減ってしまって……」

川底に石を敷いてしまったり、途中に段差をつけたりして鮎も年々少なくなってしまった。こんな話であった。

段差はアユの遡上に差し支えるほどには思えないが川の流れは速く、落差は四、五〇センチ位であった。しかし、水の落ちる下は滝壺のようになり、かなり深そうである。店の目と鼻の先で昔はかなり大型の鮎が幾匹も釣れたそうである。六月に入れば鮎も釣れるようになると。それに……、何時からか知らないが鴨や鴨が来るようになってしまって……。小魚をみんな食べてしまう……と。

あの口で苔を食べるのは良しとして鴨は小魚をも食べるのだろうか。私には判らなかった。

初川の河口、渚デッキまで出てみる。折しも遊覧船の航路の方から一羽の鴨が飛来し、川上の方に飛んで行った。あの長い首、ほっそり見える胴部、まっすぐ伸ばした長い足。何よりも優雅な、上品でしなやかな肢体でゆったりと飛んでいく姿は美そのものであった。

二〇一九年七月一七日

鴫　—しぎ—

糸川の河口、湯河原方面に向かう一方通行の道路の橋の下、或いはこの川のもう一つ上流の橋の下辺りにじっとして佇んでいる黒い影。上部はスラっとして細長く、中間部分はいくらかふんわりと丸みを帯びており、その下は細い棒のようである。よくよく見つめないとこれが鳥である事を見落とすだろう。ハシビロコウ？　いいえ、鴫が餌を探している姿である。長い首、胴部、今にも折れそうな細い脚。橋下の照度に合わせたかのように身体全体が灰色がかっており、時折頭を動かし、視線を他の水面に落とし、そのままじっとしている。小魚でもいるのだろうか。餌になるものは流れてくるのだろうか。足は冷たくないのだろか。いつまでも辛抱強く待っている、忍のひと言であった。

岸の上から見ていた私に気づくと鴫は二、三歩更に橋下の奥の方へ歩いて行き、薄暗い照度の中に溶け込んでゆく。よくよく目を凝らして見ないと彼、鴫のいることを見落としてしまうだろう。一羽でいて彼は寂しくないのであろうか。一羽でいて彼は自由なのであろうか。楽しいのであろうか。餌をとることにしか関心がないのであろうか。生命維持には必要不可欠ではあっても……。

他愛もないことどもを思い巡らせていると、矢張り私に気づいたのか、橋の下から向こう側に出て、彼は大きな羽を広げて軽やかに飛び立っていってしまった。翼は両翼で優に一・五メートルはあっただろうか。

寂しくもないし、自由だし、楽しい……。

其れはそれでいい。もともと個とは孤独なのだから。そして自由なのだから。


そのままスカイデッキ迄出ると青空が広がっていた。ベンチに腰を落とし沖を見ていた。すると護岸用の防波堤の方角から、一羽の鴫が海原の上を飛来し、陸の方へ遠ざかりながら鳴き声を上げた。

「ウグァー、ウグァー」

恐るべき鳴き声であった。あの長い首、ほっそり見える胴部、まっすぐ伸ばした長い足。何よりも優雅な、上品でしなやかな肢体でゆったりと飛んでいく姿からは想像もつかない程の奇妙な鳴き声であった。鴫と鴫。字面では大して変わらないのだが鳴き方といい、見かけといい飛ぶ姿といい大違いであった。

二〇一九年七月一八日

トンビ（一）

七半（七・五）堤防に行き釣りをしたのはいつの日であっただろうか。

風もなく海も穏やかな日であった。家から釣り場まで歩いて来ただけで汗ばんでくる。

木製のベンチの上に保冷バックを載せ、中に入れてあった釣り針の仕掛けや錘を取り出し、釣り竿のリールの道糸に連結する。餌をつけ遠くの沖を目指し投げ入れる。目測したポイントに投げ入れることもでき、ベンチに戻り缶コーヒーを飲みながら一服。

ロッドケースやバックを片付けて釣り竿の穂先を時々見上げながら、家内の作ってくれたサンドイッチを食べることにした。小さな公園の一角で、所々に松の木が植えられていた。その後に四本の背の高い木が植林され、それはまるでゴッホの描く糸杉の木のように見える。時々カラスが来てその中の一番高い木の最上部に留まる。そしてカァーカァーと雄叫びを上げていた。朝八時頃とは言えもうかなり暑い。

周囲や上空を見まわし、食べ始める。幸い視界にはトンビは映らない。サンドイッチを一切れ半くらい食べて前後左右を確認する。これなら大丈夫。そう思って残りのパンを口元に運ぼうと手を少し上げた瞬間だった。座っていたベンチの上空右側からトンビが急降下し、サンドイッチの残りを鷲づかみにし、上空に飛び去っていった。

「アッ！」私は小さく声をあげていた。

サンドイッチの四分の一を持去られてしまったのだった。

余りにも一瞬のことに、驚くというよりも凄い！　という方が正鵠を射た表現だっただろう。彼は沖の上空高いところで〝ピョウーヒュルルー〟と二、三回鳴き、大きく旋回しており、さらなる餌を探し、狙っているようであった。

自分の失敗を打ち消すように、私はベンチから立ち上がり、リールを巻き始める。何かが掛かっている様でかなり重い。魚にしては左右や前後に穂先が揺れ動かない。道糸を巻き上げると思いもしなかった奇妙な代物が針に掛かっており、それは毛虫そっくりの生き物であった。そう、海毛虫という、東京湾の釣り場では見たことのない、毛の部分に毒を持ち、その毛を飛ばすことのできる（?）生き物であった。

ＴＶの液晶画面の中で私の好きなお笑い芸人の言っていた「なんて日だ！」其の儘の釣り日和になりそう

な一日の始まりであった。

トンビにヤラレタのは初めてではなかった。

早朝一番の山手線の電車で品川へ。乗り換えて横須賀海風（うみかぜ）公園へ。遥か上空を鳴きながら旋回するトンビ。遠くだから大丈夫！　そう思って何かを食べ始めると必ずと言ってよいほど音もなく急転直下で飛来襲撃し、食べ物をとって飛び去るならず者のハンターである。コンビニの白いビニール袋に食べ物があると直感的に認識しているのか、判断しかねるのだが、その日は鮭のおにぎりを一口食べたところで取られたのだった。周りには猛禽類から身を守れる所もなく自己防衛するしかないのだが、魚も一匹も釣れず、何とも歯がゆい一日であった。唯一の救いは視界の前方に青い空、碧い海があり、くっきりと猿島が見えていたのだった。

釣り場でトンビにヤラレルのはまだまだ有りそうである。

願わくは釣り場ではトンビには二度と会いたくないのだが……。

二〇一九年七月二三日

トンビ（二）

出雲方面に一人で出かけた時のことである。出雲まではＪＡＬ便で飛び出雲大社を見学、江戸時代の同地出雲詣での道順をたどってみよう……。軽い気持ちでスケジュールを組んでみたのだが六〇年に一度の記念行事があり、宿はどこも満室であり、一週間の投宿なのに、三度も宿を変えなければならない。確か遷宮祭だったと思う。

参道の長さもさることながら大社造の壮大さ、そのしめ縄の大きさ、太さは全国の神社の総本山（総社?）と言われるに相応しいもので総重量五・四トンあり、どのようにして取り付けたのか見てみたくなるほどであった。

記念行事とあってそれを見学するだけでも本殿の二階（?）を取り巻く外回廊で二時間近く待たされたのだった。目的の場所までその歩みは遅々として進まない。下を見やると大社の森の敷地内参道にまで人の列が続いていた。地図で見れば日本海側の山陰の宍道湖の西端近くに出雲大社とポツンと書かれているばかりであり、若い人で日本神話を知る人は殆んどいないのではないかと思われる。しかし来てみてびっくりである。遷宮祭行事はさることながらここ出雲の神様大国主命大神は縁結びの神様でもあり、年頃の人、特に若い女性たちにとってはパワースポットなのだそうである。

そういえば駅前からバスに乗車した時すでに満員に近く、私のそばの通路に立っていた人も若い女性であった。

「荷物、持ちましょうか?」

「有難うございます。お願いいたします。」

「どちらから?」

「広島から夜行バスで……。」

差し障りのない会話をしながら大社の入り口まで来て、若い女性とは別行動をすることにし、私は辺り構わず写真を撮ることにした。大黒様の石像。因幡の白兎の像。参道の大樹（松）の並木。大社。しめ縄。祢宜さんの衣装。後背の森。等々。

出雲大社の宮所（神様の在所）の高さは現在の数倍あり、その基礎となる柱は杉の大木を三本束ねて一本とし、それを数本使い建てられ、その頂部に宮所（本殿）が設けられた……。確か古事記か日本書紀にその旨書かれていたと思う。近年、それを証明すべく発掘された三本の大木を束ねた柱（宇豆柱）の跡（古い切り株）。何と太古へのロマンを誘うことであろうか。大社へ向かう参道の入り口近くの建物の一階に古の出雲大社の模型が飾られていたのだが縮尺が何分の一であったか私の記憶は定かではないが、神様の宮所（本殿）はかなり高い場所にあり、そこに辿り着くには数十段、数百段の階段を昇っていく必要があった。現実に人が昇り降りし神に祈りや捧げものを献上したり世話をしたりするには、それ相応の構造物があった筈である。つまるところ「古書に記されているのは真実である！」そう確信した歴史学者たちがこの三本の束ねられた柱を採掘発見したのはごく最近であった。

古書の記述イコール真実！　これこそ希にみる大発見であった。

史書には八岐大蛇や素戔嗚尊が登場し、因幡の白兎や国譲りの話があり、神話と歴史が混在し、今なお論争の種になっており世間の耳目を集めている。それはそれで楽しいのだがスサノオノミコト伝説が回りまわって縁結びと結びついているとは？　なのだが、彼は八岐大蛇を退治し地元の位のある人（国造）の娘と結婚した伝説もあり、また、確か彼には朝鮮のどこかで大暴れしていた筈の伝説もあるのだが……、私の勘違いだったのであろうか。

歴史博物館を見学。その後江戸時代の遍路道をたどりあちこちの寺社を巡り、山野を歩く。道は狭く喬木が両側に生えるがさ藪の中を掻き分けながら歩くほどであった。暫くして畑の拡がる場所に出る。小高い丘を下り始めた時、右手前方に民家が見え、その方向に顔を向けた時、廊下のカーテンを閉めるのが見て取れた。リックを背負い一人で歩いている不審者に見えたのであろうか、普段は人一人通らない細い道である。江戸時代であれば道も広くがやがやと喋りながらのお遍路道であったことであろう。所々にはそれらしい目印や小さな公園があったのだが、目的地までの所要時間も距離感もないため先を急ぐ。

小一時間も行くと女子大生らしい五、六人の女性達に合う。こんもりとした木々に囲まれた場所に弁財天（？）の祀られた池のある社で、彼女達は安堵のため息や落胆の吐息を就いていた。和紙（おみくじ）を池の面に広げその上に一円玉か五円玉か何かを載せ、それが沈んだかどうかで良縁の有り無しを占うものであった。それを信じているとは思えないのだが何とも微笑ましい光景。八重垣神社での一幕あった。

地図を見ながら国道へ出る。バスストップを探し時刻表と時計を見比べる。松江方面のバスは行ってしまったばかりであった。次便まで約一時間。西の空はそろそろ茜色に染まり始めていた。仕方なくタクシーを待つ。一〇分、二〇分。……、時間だけが過ぎていく。

自家用車時代の余波であった。タクシーのついでに夕日を……、そう思い宍道湖の一望のできる場所まで乗車。生憎もやっていてこれはと思う写真は撮れない。

「しじみ採りの船・嫁島・夕日、このアングルが最高ですね」

近寄って来た人がひとこと。「宍道湖の夕日は最高です！」

確かに、何かの広告にここ宍道湖の写真と有名な女優を登用したものがあった。

「秋頃か初冬が良いかもしれませんね」そう言いながら彼は三脚を立てて大型カメラをセットしていた。「日本の夕日の三大名所の一つなんですよ！」

翌日、一畑電車で美保神社に向かう。折しも通学時間帯と重なり中高生が大勢乗り込んでくる。最後尾の車両に乗っていて分かったのだがこの車両には自転車ごと乗れるのだった。降りるときには自転車を押して改札口を出、そのまま学校まで乗っていけるのだ。何とも心の温もりの感じられる電車である。

神社に参拝し、神殿を観、帰り際にも一度周囲の景観などぐるりを見渡した。かなり大きな、有名な神社であるが平成二〇年の社殿の改築に向けて氏子や一般参拝者に浄財を募っていた。何処の神社仏寺も経営面では厳しいようであった。

一畑電車に乗り折り返して日御碕方面に向かう。終点一つ手前の駅で降り、島根半島の国道を歩く。宍道湖を渡る風。山の緑。爽やかである。しばらく行くと私の行く手前方で茶褐色の鳥が飛びたった。が、しかしすぐに墜落してしまった。右の羽が思うように羽ばたけないでいた。羽にそして羽の付け根辺りに血糊のあとが見え、明らかに怪我をしていた。車にでもぶつかったのだろう。咄嗟に（鳥を捕まえて保護しなくては……）そう思い少しの間追いかけたのだが捕らえることができない。二度三度彼と目が合う。彼はキッと私の目を睨みつけ、よろけながらも逃げようとし、ついには窮屈な格好のまま道の反対側まで飛び、林の中に隠れてしまった。人間不信そのものであった。否、自分こそ最強の鳥、ここで人間に捕獲されてしまったら自分のプライドが許さない、そう言わんばかりであった。そう、トンビである。

いつも釣り場でサンドイッチやおにぎりを狙われる、宿敵ともいえる猛禽なのだが、何故か援けなければと思わせる心地よい昼下がりであった。

日御碕神社、素戔嗚神社を見学。


翌日松江城を見学・散策。帰路、ラフカデオヘルン（小泉八雲）旧宅に立ち寄り、その小ささに驚く。きちんと片付いてはいるものの天井も低く、いくらか暗く感じられた。

夕刻。出雲市駅近くのホテルに投宿。俄かに黒雲が沸き上がり稲光がし始める。慌ててラーメン屋に飛び込む。黒雲はどんどん膨らみゴジラの様な形になった。あるいは出雲に現れたデーダラボッチと言ってもよいほどの大きさであった。急に降り出した雨。建物の屋根や道路に跳ね返り音を立てている。

あのトンビはどうしているだろうか。運よく誰かに保護されただろうか。他の仲間に会えただろうか。

ラーメンを食べ終え、幸い客は私だけだったので店のマスターと世間話をし、雨のやむのを待った。

「最近は夕方になると雨が多くて……。も少しで上がるから……。」

私はトンビの事故の話をしたがマスターはいたって素っ気無い返事である。

「野生のものは其の儘にしておいた方がいい。下手に手を出すより回復力に任せる方が鳥のためだ。二、三日もすれば大空を飛んでいるさ。ピィーヒュルルって鳴きながらね」

雨は既に止んでいた。

その晩、私は矢張りトンビのことが気になっていた。

二〇一九年八月一日

セキレイ

何時ものように海へと続く坂道を歩道に沿って下っていく。まだ明けやらぬ道路を小走りに歩いては止まり、また小走りに歩く小鳥。私に気づいては低空でさっと少し飛び、幾度もその行為を繰り返す。動きが機敏であり頭から両翼、尾にかけて黒く、腹部は白色である。私との距離が詰まるとまた低空で二、三メートルさっと飛び、尾羽を上下させては何かを啄ばんでいる。その仕種が何とも可愛いく美しい。媚びるでもなくおどおどしているのでもなく、とにかくマイペースなのだ。人から餌をもらったりねだったりといった素振りも見せず、ゴーイングマイウエェイなのだ。如何にもこれは私の見て感じたことなのだが、手の掛からない生き物である。そして用事が済むとさっさと次の場所へ飛んで行ってしまう。

今日も元気で何よりだ。明日も顔を見せなよ！　こんな言葉さえ掛けたくなる小鳥である。名をセグロセキレイという。

別の日、糸川の河口近い歩石の敷き詰められたところで、あの速足歩きの仕種で小鳥が餌を探していた。すぐ近くに雀もいたのだが互いに気にもせずせっせと動き回っていた。やがてハトも橋の欄干から舞い降り、参戦する。スズメはさっと逃げてしまったのだが小鳥はハトに臆することもなく尾羽を上下させながら速足で餌を探し回っていた。暫くして小鳥は翼を広げ川上の方に飛んで行き、あっという間に姿が見えなくなってしまった。川がいくらかカーブしていることもあるのだが、歩くスピードもさることながら翼の下にあった胴部や腹部の白さと翼の黒さのコントラストの美しさが私の目を射止め、私は呆気に捕られていたのだった。ほんの瞬間の出来事である。

何度見ても飽きない仕種、スマートな肢体、バランスの取れた色彩、俊敏さ……。何よりも素早く尾羽を幾度も上下させる仕種が微笑ましく、可愛いのである。

私の好きな小鳥の中の一種である。

名をハクセキレイという。やはり名前も美しい。

二〇一九年八月七日

イソヒヨドリ

谷川を下る水の音に沿って海まで行こう、そう思い家を出てニューフジヤホテルと糸川の間の道を下り始める。糸川のかなり上流からバスストップのある御成橋の辺りまで、かなりの勾配を激しい急流となって水が流れ下っている。

糸川に覆いかかる木々の葉。そして、川を下る水流はあちこちの石や岩にあたり涼しげな音色をたて、さながら渓川の様相を呈している。

木々の枝伝いに透き通った鳥の声。

「ピョーッ、ピッピッピィーッ」、「ピョーッ、ピッピッピィ、ピョウー」こんな鳴き方であった。

渓川の音にも負けず囀り続ける小鳥。どうやら二羽いて鳴き声の合間合間に木の実を突いているようである。私の気配に気づいたのか「ピョーゥ」とひと鳴きして素早く姿を消してしまった。小鳩くらいの大きさの鳥であった。

六月とは言え激しい雨の続く梅雨の最中に、幾度かこのような機会に遭遇したのだが、その姿形をはっきりと見極める事はできないでいた。それはカラスのけたたましい鳴き声にややもすると打ち消され忘れ去られていたのだった。ガァガァカァカァ鳴き散らす忌々しい喧噪。威嚇する鳴き声。真っ黒な肢体であちこちと飛び回り兎に角五月蝿いカラス。時には人間を襲うほどの不気味な怪鳥である。特に子育て中は危険である。

「ピョーッ、ピッピッピィーッ」

「ピョーッ、ピッピッピィ、ピョウー」

久しぶりに聞いた声。どうやら例の二羽のようである。

美声の持ち主は我が家のほんの少し先の裏山の森の方（神社の森）にマイホームがあるらしく、日の出三〇分前頃に家の横を通り過ぎ、私が糸川に出る以前にやって来て、あの美声で暫く鳴きかわし、木の実を啄ばんでいた様である。早朝のせいもあって、はっきりした姿を確認することがなかなか出来ず、どのような羽模様なのか姿態なのか、いつか必ず見てみたいと思う。

とある日の午後、四時ごろであった。渚デッキまで散歩に行き石のベンチに腰かけてCDを聞いていた時、まぎれもなく例の美しい声が聞こえてきたのだった。椰子の木の上の方から「ピョーピッピィ、ピョウー」と鳴くあの澄んだ声。こんな遠くにまで来ている。あの小さな身体で。私は妙に感心していた。こんな処まで行動範囲を伸ばしていたとは……。

後日知人に話したところその鳥はイソヒヨドリであろうとのことであった。残念なことにあの美しい声の持ち主と小鳥の姿は確認できないでいる。

二〇一九年八月一七日

ハトとカラスとカモメと猫と

海まで散歩に行った帰りのことである。糸川の河口柳橋の上から潮の干満を観て、川沿いに歩いて家に帰る。途中、あちこちに花のトレーや大きな鉢が置かれ赤や橙、白や濃い紫の花々が朝の空気に包まれ明るく生きづいている。時折澄んだ声で小鳥が川面を上っていく。

梅雨にしては激しすぎる雨。路面に跳ね返り音を立てて水飛沫を上げている。曇天、ほんの少し晴れたかと思うとまた土砂降りの雨。梅雨明け、と同時に押し寄せる猛暑、湿った海からの風。高温多湿のクレイジー

（狂った）な夏。其れでも皆生きている。死んだ様にして。

幾日ぶりのことであろうか。殊のほか清々しい朝である。

私は足取りも軽く糸川沿いを歩いていった。幾つかの橋を通り過ぎ、とある橋の傍の石造りの欄干から川の中を覗き込んでいた。鮎か何かいないのだろうか……と。すると近くにあった木の上から一羽のハトがどさりと落下し、そのまま欄干に当り川の方に落ちていった。ほんの一瞬の出来事であったのだが私は見てしまった。ハトは首のあたりから血を流していた。木の切り枝とか鉄釘とかで自損したとは思えない、何かに襲われたとしか思えないほど痛々しい傷を負っていた。恐らく必死に木の枝にしがみついていたのがその気力が途切れてしまったのであろう。

犯人は、否ハトを襲ったのは、カラスかカモメ、或いは猫かも知れない。カラスもカモメも縄張り争いが激しく、自分のテリトリーに侵入するものには容赦なく攻撃を仕掛け相手を襲撃する本能があるらしく、人懐っこいハトは仲間だと思っていた鳥達の餌食になってしまったのではないだろうか。また、よくよく餌が無くなるとカラスやカモメは小鳥を襲うとも言われているのだがその真偽は定かではない。更に猫も考えられるのだがやはり真偽のほどは疑問である。いえるのは猫は木登りが上手で、ハトの寝込みを襲ったとも言えそうである。

ハトの落ちてきた木を見上げてもカラスもカモメも猫も見当たらず、ハトは青息吐息でここまで逃げてきて木の枝に摑まったところで力尽きてしまったのかもしれない。

久しぶりに晴れ渡った空の下でこんな悲劇に出合うとはなんとも言い難い気分であった。

それにしても可哀そうなハトであった。

思い出したことがある。かなり以前のことであるが何時ものように糸川の河口から散歩の帰り道を辿っていた。しばらく行くと糸川橋の近くの熱海桜の木の下に夥しい数の鳥の羽が散乱し、それは羽毛ともいえる小さな羽が沢山混じり、羽毛（はねげ）もそれほど長いものではなく、小鳥か、小型のコバト（子鳩）くらいの羽毛のように見え、私は勝手に鳩が何かに襲われたものと決めていた。しかしその場にいたわけではなく襲ったものも襲われたものも私の想像できる範囲内のものであった。後日、当地に長く住んでいる人に訊いたところカラスがハトを襲ったのだろうとのことであった。子育てシーズンのカラスは神経質で自分のテリトリー（守備範囲内）に入ってくるものは全て敵とみなし、大声で威嚇したり襲い掛かったりするとのことであった。母性本能丸出しになるそうである。

ところでいま母性本能と記してしまったのだが父親のカラスはどうしているのであろうか。餌取に専念？　攻撃に専念？　それとも新婦探しに専念？　少々気になるのであるが余計なお世話といったところらしく、答えは貰えなかった。いずれにしろ早朝からけたたましく泣き叫ぶカラスは彼もあまり好きではないらしいのが見て取れた。カラスが好きだという人はあまりお目にかかれない。もしいたとしたらよほどのもの好きな人に違いない。

ハトを襲いそうな小動物がもうひと種類いる。猛禽類のトンビである。出雲旅行で出くわした人間不信のトンビのことは人にあまりなつかないとすでに書いたのだが、それに反して餌を求めて邪魔になるほど人についてい回るハトたちの人懐っこさにも辟易させられるのだ。この不用心この上ないハトたちにも困りものであるが、彼等トンビについては別の機会に話すことにしよう。

二〇一九年八月二一日

トンビとカラス　―釣り―

ナナハン埠頭に釣りに行った時のことである。早い時には朝の六、七時には釣り場に到着。何を釣ろうというよりも何が釣れるのだろうといったきわめて無目的な釣りである。

その日到着してみたら既に有料の釣り場には何人もの釣り客が竿を出し、なかには折りたたみ椅子に座り込み防寒着にくるまって寝込んでいる人までいた。

早春とはいえ海を渡る風は冷たく、じっとしていたらかなり肌寒い。海まで歩いてきた私には心地よいのだが第一投目が済み、暫くすると冷気が火照った顔をそして手を包んでくる。涼しいというよりは寒いくらいである。

（カレイでも釣れないかなァ……。）そう思っていたのだが、頭上で、

「昔は沢山釣れたんだが埋め立てや護岸工事が進んで魚が来なくなってしまった。」

時々バイクで来て言葉を交わしたことのある地元の人の声。

「昔はカレイもヒラメもいたんだ。何枚も釣ったよ一時間でね。砂浜ももっと広かったし……。ナナハンも埋め立てで出来たんだ。」

二〇数年前の話らしい。東京湾岸同様に何処も同じである。

今私が釣り糸を垂らした場所には両端と私の少し離れたところに一人、私を含めて四人しかいない。各々一〇メートル位離れている。最初、私には彼らが何を釣っているのか理解出来なかったのだが、彼らは活きたアジを餌に、アジを泳がせてイカを釣っていたのだった。

熱海ではイカ釣りが有名らしく横浜や平塚、はては所沢や横須賀からも遠征してくるようで、金曜日の午後から泊りがけで一、二泊して頑張る人もおり、釣り場所の確保は大変なのだが、今朝は案外心安く間に入れてくれた。時には航路側に釣りの仕掛けだけ出して他の場所で釣りをしている者もいる。一人で何本もの竿を出しているのだ。

ナナハン埠頭は漁船の入る内海側、遊覧船や連絡船の出入りする航路側、有料釣り場（外海に突き出た堤防で内海側）の三つの釣り場があり、その日の風向きや時間によって釣り人は場所を決めるのだが、外海側でも同じ人が釣りをしていて他の者から見れば迷惑そのものである。

ある日のことである。

「間に入ってもいい？」と私。

「ほかの空いている所でやればいいだろぅ！」椅子にふんぞり返っていた女の答え。それもサングラスをしたまま大声で怒鳴るように。如何にも不機嫌である。

大声に気づいてほかの場所で釣りをしていた仲間の男たちが現れる。

多勢に無勢である。男だけなら小言の一つ位言ったのだが女が入ると話が大きくなってしまう、そう思いその日は別の場所で釣ることにした。凡そ遠来の客で夜通し車を飛ばして来たのであろう。それにしても今の女は……。どうせ言われるのなら、もっと若い、美人の、サングラスの似合う、娘さんに言って欲しかったものである。

それに比べて今朝の客は人当たりが良く、こちらとしてもひと安心であった。

小一時間もすると左端の人に当たりが来た様である。リールを巻いて欲しいらしく彼は私の方を見ており、私は間髪を入れずそれに答えて糸を巻き上げる。互いの糸や仕掛けがお祭りにならないための釣り人同士の暗黙のルールである。彼は片手で私にサインを送り、リールを操作しながら近づいてくる。獲物は逃げようとして海中のゴロタ石に沿ってこちらに向かってくる。私は元の位置より右方向に逃げながら道糸を巻き、巻き終わって彼の様子を見ているると獲物はかなりの大物らしく、彼は私の前を通り越していく。仲間が玉網をセットして彼に追いつき数分してからそれを引き上げた。

アオリイカ！　かなりでかい。優に二、三キロは超えるだろう。そのイカは玉網で捕獲される寸前に墨を吐き、目くらましを打ったのだが敢え無く釣り人にゲットされてしまった。場数を積んできた釣り人の勝利であった。

右端コーナーに陣取っていた人にも当たりがありゆっくりと獲物の動きに合わせながらリールを巻き引き寄せる。するともう一本の竿にも当たりがあり木影にいた人が走り寄りリールを巻き始める。右端には一人しか居ないと思っていたのだが実際には二人いて二人とも獲物をゲットしたのだった。手練れの若いサラリーマン風の釣り師たちであった。

私の方はといえば何の魚信もなく手持無沙汰であった。三〇分に一度くらいの感覚でリールを巻き上げ餌の様子を見るのだが重く感じた時はだいたい海毛虫が掛かっているときか椰子の葉や何かが掛かっていた時だった。そんな折左端にいた人が頭のないアジの尾を持って空を見上げ、それをくるくると回しながらトンビを誘っていた。頭をイカに取られてしまい餌として使えなくなり、それをトンビにあげようとしていたのである。

釣り人が素早くそれを空に放り投げる。いち早く察知してトンビは中空から急降下しアジをゲットして飛び去る。するといきなりけたたましくカラスがわめき始めた。近くの木に止まっていたカラスである。彼は必死になってトンビを追う。カラスが追いつこうとするとトンビはくるりと向きを変え、あるいは急降下し、あるいは更に急上昇し、カラスの猛追をかわす。トンビにはお手のもののようである。カラスは鳴きわめきながら追いつき餌を奪おうとしていた。が、トンビは彼を相手にせず森の方を目指して飛び去って行った。

餌、そう頭のないアジはしっかりとトンビの足爪に掴まれたままであった。

三月末頃からカラスの鳴き声が聞けるようになり木の上やナナハンの上を飛び回るようになりその存在を釣り人や周囲の鳥たちにも誇示していた。しかし、トンビは臆することなく森や海の上を旋回していた。どちらかといえばトンビの方に先住権はあったし、その鳴き方や姿かたち（風体）からも貫禄があったし、私の好みにもかなっていた。唯一、サンドイッチやおにぎりを取り逃げすることを除いては。

カラスは最近ここナナハン埠頭の森に巣を掛け、住み着いたばかりであった。


海毛虫はといえばこれはこれで実に奇妙な生き物である。名の通り毛虫そっくりで百足のように足が沢山ありおまけに海中に暮らしている。私が釣り上げたのは一〇センチくらいの丸々と太った代物であった。刃物でそれを外していると通りがかった人が不思議そうな顔をして見ている。わざと海毛虫の体を裏返しにし、暫く放置。すると彼（彼女）は幾度も元の態勢に立て直そうと試みたがそれはかなわず仕方なく其の儘の態勢で沢山の足を使い歩き出したのであった。そう、背泳ぎといった感じである。見ていた人もさることながら私もびっくりであった。なんと原生生物の逞しいことか。身にまとった毛には毒があり、刺されると棘も抜け辛く、そこの部分は赤黒く膨らみ一カ月くらいはかなり痛いらしい。

〝知らないものには触らない事〟が鉄則のようである。

見物していた人は興味津々で、早速スマホカメラで写真を撮り友人に送信していた。やはり東京方面からの客であった。

時間が経つに従って釣り客も増え、子供連れの家族が歩いてきた。私はそろそろ撤退を考え釣り道具をしまい始めた時、先程の二人でイカを二杯ゲットした人の一人が近づいてきた。

「良かったら持って行きませんか？」

彼はビニール袋に入れたイカを私に差し出した。

「いいものも見せてもらったし。それに持って帰っても全部は食べられないから」

どうやら彼らも海毛虫を見るのは初めてだったようであり、イカを二杯とも持ち帰っても処理に困るのは私も同様であった。

「やぁ有難う。最近はこんなのしか釣れなくてね」

言いながら視線を海毛虫の方に向けていた。

「天候不順で良いものが釣れなくて……」

私はイカを快く頂戴することにした。

そして後から来た家族連れに席を譲る事にし、道具をしまい終わるとその子たちを手招きして海毛虫を見せてやった。そして海毛虫は危険だからと付け加えた。

もう二か月近くこれといった魚を家に持ち帰ることも出来ずにいたので獲物らしい獲物を持ち帰るのは良い土産物にもなるだろう。それにアリバイにもなるだろう。例えそれが貰い物であったとしても……。

帰り際、簡易テントを張り終えた家族の父親と目が合ったので、空を見上げ
「食べ物に注意して！」「トンビにやられるから……」

と注意を促してあげた。

中空ではあのトンビが勝ち誇ったように幾度も鳴きながら悠然と輪を描いて旋回していた。

ピーヒュルル〜、ピーヒュルル〜。

二〇一九年九月七日

ホタル

ここ数日間豪風雨に見舞われ、うんざりする程の変わりやすい空模様が続いていた。六月の初め、例年なら紫陽花の花にこぬか雨の降るレイニィーシーズンである。折しもここ熱海の梅園では蛍祭りが開催されていた。地球規模の気候変動の合間を縫ってホタルを見に行くことにした。幸い昨夜の雨も上がり午前中から薄日が差し、午後からは青空が広がってきた。風も緩やかで頬を心地よく撫でて通り過ぎる。まるで昨日までの天候が嘘ででもあったかのようである。

初川の上流はかなりの急勾配である。連日の雨で激流になっていないだろうか……。蛍は穏やかな清流に棲息し水中植物の茂みや枝葉に潜んでいるという。そして日暮れ時やあたりが暗くなった時に伴侶を求めてあちこちを飛び回るそうである。

そこかしこの川底の石にあたり水飛沫をあげ音を立てながら川は下っていく。いくつかの橋を右に左に渡りながら川の流れに沿って上っていく。しばらく行くといくらか平らに開けた場所、背の高い草の生い茂った所に川の流れが入り込み、小さな池を作り、ハスの花を咲かせている。蛍が住むのにはもってこいの環境である。

太陽も山陰に隠れ夕闇が辺りを覆い始める。蛍見物の観光客が増え始める。どうやらバスで到着したらしく三々五々遊歩道に沿って坂道を登っていく。嬉しいことに殆どの人が無口であり、話していても小声であり、それは蛍を驚かせないようにという配慮からであった。

要所要所にある水銀灯の明かり、暗闇の中に響き渡る渓川の音、オレンジ色の光を放って飛び交い、移動しては光る蛍の光跡の数々。それらが脳裏に焼き付く。

蛍を見たのは何年ぶりのことであろう。少年の頃、家から二、三百メートルの所に幅一、二メートルの小川があり、川底には砂が敷き詰められたようにしてあった。小川は田畑に水を引き込むためにあちこちを蛇行し私の目の前を通り下流に下っていく。ちょうど蛇行している対岸の場所で、曲がり切れない水流が砂粒を運び、蓄積し砂地を造っているのだった。それに川底から水が湧き出しており、河原には蟻地獄が、そしてすぐ近い場所に葦の生い茂った場所があった。河原の浅い場所には様々な昆虫のヤゴが棲息していた。蟻地獄はそれら昆虫のヤゴや木の枝から落ちてきた虫を狙って巣を構えていた。

しっとりとした小糠雨の続くレイニィーシーズン。そんな中でも時折からっと晴れ上がった日。私は必ずと言っていいほどその場所に蟻地獄の様子を見に行った。こんな風変りな逆円錘型の住処の住人はどんな動物であろうか？　学校帰りの少年の私には興味津々であった。踝の辺りまでしか水深のない川の中を歩き回ったり、蟻地獄を覗いたりしているうちに夕暮れ時になってしまった。辺りは薄暗くなり夕闇に包まれ始め、一つ二つと、葦の林の合間から黄色の、橙色の光が飛び立っていった。光の弧を描いて……。私は蟻地獄のことをすっかり忘れてその光の弧を追っていた。蛍であった。

小一時間も見ていたであろうか。三つ、四つ、二つ……。

近くの家から誰かが迎えに来るでもなく、学校のカバンを背負って一人で家に帰るのが常であった。父母ともに仕事に出かけ、兄弟姉妹は家の仕事や家事の分担に追われる日々であった。父母とも子供たちの寝付いたころに帰ってくるのが常であった。

ホタルを見た少年の頃の思い出である。

古希と水平線と

いつものように海の日の出を見ようと散歩に出かけた。マックスバリューの脇から初川の方へ、そして右折、起雲閣の前を通り親水公園の階段を上り、降りる。まだ明け染めぬ漆黒の熱海湾が横たわり前方右手に後楽園ホテルのシルエットがうっすらと見え、じっと目を凝らして見ると正面には漁船の係留されている岸とその奥の大型船の入る岸壁が予見された。昨夜、湾岸警備艇が接岸したのであろうか、微かに船影が見える。風も波もない珍しく穏やかな一日の始まりであった。

上空に白く輝いていた月も次第にその明るさを失い、今にも太陽に空を明け渡そうとしていた。

ほんのりと開け始めた熱海湾。

私は渚デッキにある赤や紫や黄色の花々を眺めながら初川にかかる橋を渡り、レインボーデッキの方へ歩いていった。そこには背の高い棕櫚の木が数本あり薄暗い空に向かって静かに佇んでいた。

すこしすると防寒着に身を包み込み、毛糸の帽子を耳まですっぽりと被った女性がこちらに向かって歩いてきた。足もとも厚手の靴である。この女性とは何度か軽い挨拶を交わしたことがあった。彼女も早朝の散歩に出かけるのが日課のようであった。

「お早うございます」

「あっ、お早うございます」

「今朝の日の出は素晴らしいですね。それに地平線も綺麗でしょう?」

初老の七〇歳くらいの女性が言った。

「……？」

私は一瞬どう答えてよいのかためらって黙ってしまった。

（地平線？　……水平線の間違いでは……）

彼女はそう言って棕櫚の木の方に行き「シロ、シロちゃん、ご飯よ、出ておいで……」と名を呼び野良猫の子を探しているのだった。

勿論公園で動物に餌をやることは禁じられていた。

幾度か彼女の行為を見かけた事があったので、私はあまり良い印象を持つことは出来なかった。そして先程の地平線発言である。

勘違いや記憶違いは誰にでもあるのだが、今朝の日の出と比べ殊のほか残念であったし少々暗い気持ちにさせられたのだった。

別の日のことである。時々立ち寄る喫茶店でのこと、店のママさんとお客さんとの会話にどうにも腑に落ちない処があった。

お客である女性は私が見かける時は必ずと言ってよいほど日刊紙に目を通し、あるいは目を通し終わったばかりで、年配の女性にしては凄いなと一目置いていたのだったが、聞くともなく聞いていると
「私七七歳になるの。今年古希なのよ」と女性。

「ほんとう、すごいわね」とママさん。

近くにいた私は一瞬耳を疑った。

（ええっ……？　古希って七七歳？）

ママさんは知らん振りをして話題を変えた。

「今日はお出かけ……？　天気がいいから散歩には最高ね」

「コーヒー代、ここに置くわね。ちょっと遠出してみたくなったわ」

それから数日後のこと、散歩のついでに店に立ち寄った折、一人の客の姿もなかったので例の事をママさんに伝えることにした。

「古希って七〇歳のことだよ。人生七〇（歳）古来希なりといってね。中国の古典からきているんですよ。七七歳は喜寿といって漢字の喜ぶを簡略化した字で書くと七という字を上に一つ、下に二つ重ねて書くじゃないですか。そこから来ているんですよ」

「へぇーそうなんだ。随分学があるのね。知らなかったわ」

「学があるのねぇー……か。常識じゃないかな……？」

と私。

例の古希の件の女性はほんの一年前に伴侶に先立たれたばかりであった。そのせいか毎日喫茶店に来て新聞に目を通し、時間を過ごしていたようである。しかし、はた目には主人を失ったばかりには見えず、彼女を知る人にはかえって以前よりも元気になったみたいとのことであった。

想い見るに、子供たちも成人して手がかからなくなり連れ合い（伴侶）の世話やめんどうを見なくてよくなり、つまり家事から手が離れて自分の時間が一気に増えたということなのであろうか。時間の増えた分海外旅行も良いが古典や読書にも時間を割いてもらいたいものである。願わくは心身共に健やかに‼　といったところである。そういう自分も思い違いや記憶違いが少しでもありませんようにと願うばかりであった。

白鳥飛来伝説（一）

晩秋の、とある日の早朝、知人と待ち合わせ、釣りをする事になり、現地集合。所要時間は午前六時から同八時三〇分頃までの二時間半。それを過ぎると徐々に観光客が朝の散歩に姿を見せ始めるからである。地元の人々はもっと早く、犬の散歩やジョギングで顔を見せ始める。さらに早い人は夜中から海際をルアーフィッシングをして歩き回る遠来の釣り師たちである。

当日、熱海湾上空はいつになく晴れ渡り、見渡す限り雲一つなく、朝まだきというのに波も穏やかであった。

熱海湾を取り囲む山陵がくっきりと見て取れる。我々は支度の済んだ順に釣りを始める。釣果といえばフグ、キタマクラ、ベラ、メギス、ゴンズイ。どの魚も小さく矢張り話題は今年の異常気象の事とあちこちの台風被害の事、そして知人や親類縁者に被害がなかったかといった事であった。

「どれも小さいな。豪雨ばかりで海の中がおかしく成ってしまったみたいだね。」

「本当に……、黒潮は大蛇行するし秋刀魚も不漁、台風ばかりで農業も大被害だね。来年は米も野菜も果物も大幅に値上がりするんだろうね。」

「浸水被害、あれもＴＶで見たけど自動車も水没、家は床上まで、家具や家電製品も水浸しで大変だ。」

「床下は早く除湿しないと家が劣化して使えなくなってしまうね。」

「おまけに屋根が飛ばされたり停電とは戴けないですね」

ありふれた世間話をしながら釣り糸を垂らし、缶コーヒーを飲みながら何気なく海の方を見やった。するといきなり大きな白い鳥が視界に飛び込んできた。両翼を広げた姿は優に二メーターはあった。

（白鳥！　白鳥だ！　白鳥が……？　なんで海に……？）

「白鳥！　あれ見て！　白鳥だ！」

「大きいサギじゃないの？」

「よーく見て！　あれ、白鳥でしょう！」

「本当だ。でも何で海に……？」

海に白鳥……。言われるまでもなく不思議な事であった。

「日本はどうなっちゃっているんだろう。」

白鳥と判り早朝散歩の人たちもスマホや携帯電話のカメラで彼女を写真に収め始めた。

空の青、白鳥の白、海の藍、見事な配色である。

白鳥は暫くの間海上を滑るように泳ぎ、砂浜に上がり、人々の写真の被写体になり、日光浴をし、くびすを返し、二、三度大きな純白の両翼を羽ばたかせ、海の上を飛び、やがて熱海城のある山陵の方角に飛翔していった。しかし何故海に白鳥が……。それも海の上に……？

夢の中のような、そう、羽衣伝説のように〈熱海湾に白鳥飛来！〉はやがて一つの伝説に育って行くのだろうか。

『今、シジホスの神話のような苦難の中にあっても、かって蓬莱島と言われ、ジパングと言われたこの列島国、日本。根気よく粘り強く頑張れば、そう遠からず必ずや日本は復活するよ！』

白鳥はそう願って熱海湾に飛来したのかもしれない。

白鳥飛来伝説（二）

後日分かったのだが飛来した白鳥はコブハクチョウとの事で、一碧湖から飛んで来たのであろうとの事であった（地元新聞社のK氏の話）。わたし的には白鳥は白鳥でよく、〇〇白鳥といった具体的な知識を求めたわけではなかったのだが、詳細に報告をしないと読者からクレームが来るので……、とのことであった。その為「白鳥飛来！」というニュースは報道されることもなく一週間過ぎても町中で耳にする事はなかった。時々立ち寄る喫茶店の店主と、釣り仲間と、ごく少数のその場にいた散歩の人たちの間だけの小さな話として終わったのだった。

K氏には写真も提出したのだったが白鳥の種類や資料を確認したりして某動物園からの回答を待っていた様である。その間の時間は即時性とは程遠いものになり、凡そニュースとは言えないものになってしまった。とはいえ彼K氏も忙しく又白鳥飛来を掲載する紙面も紙幅も無かったのかも知れない。大自然の中で、それも海の上を悠々と泳ぐ白鳥。大空から飛来しそして大空を、熱海の山陵を目掛けて飛翔する白鳥。殆ど動物園でしか見たことのない白鳥。TVのドキュメントでしか見たことのない白鳥。それをほんの数日前に、こんなにも躍動した白鳥を見た私。

このような光景を目の当たりにしたら誰もが少なからず興奮するに違いない。

しかし……、ここ観光の町熱海で私の知る限りでは報道されることはなかった。

次頁に少し事件を書き加えてみたいと思う。そう、もう少し立体的に……。

白鳥飛来伝説（三）

晩秋の、とある日の早朝F氏は知人と待ち合わせ、ムーンテラスで釣りをする事になり、現地集合。所要時間は午前六時から同八時三〇分頃までの二時間半。それを過ぎると徐々に観光客が朝の散歩に姿を見せ始めるからである。地元の人々はもっと早く、犬の散歩やジョギングをしに顔を見せ始める。さらに早い人は夜中から海際をルアーフィッシングをして歩き回る遠来の、主に関東圏からの釣り師たちである。

当日、日の上り始めた熱海湾上空はいつになく晴れ渡り、見渡す限り雲一つなく、早朝というのに波も穏やかであった。

熱海湾を取り囲む山陵が朝日を浴びてくっきりと見て取れる。F氏と仲間たちは支度の済んだ順に釣りを始める。釣果といえばフグ、キタマクラ、ベラ、キス、メゴチ、ゴンズイ、ハゼ。どの魚も小さく矢張り話題は今年の異常気象の事とあちこちの台風被害の事、そして知人や親類縁者に被害がなかったかといった事であった。

「豪雨ばかりで海の中がおかしく成ってしまったみたいですね。」とF氏。

「本当に……、黒潮は大蛇行するし秋刀魚も不漁、台風ばかりで農業も大被害だね。来年は米も野菜も果物も大幅に値上がりするんだろうね。」合の手を入れるO氏。

F氏が続けて

「浸水被害、あれもTVで見たけど自動車も水没、家は床上まで、家具や家電製品も水浸し、大変だ。」

「床下は早く除湿しないと家が劣化して使えなくなってしまうね。」S氏も話に加わる。

「おまけに屋根ごと飛ばされたり停電になったりとは頂けないですね」

三人は缶コーヒーを飲み世間話をしながら、釣り糸を垂らし魚信を待っていた。

数分待っても魚信はなく、手持ち無沙汰に駆られ私は何気なく海の彼方を見やった。するといきなり大きな白い鳥が視界に飛び込んできた。両翼を広げた姿は優に三メートルはあった。

（白鳥！　白鳥だ！　白鳥が……？　なんで海に……？）大人気もなくF氏は疑心暗鬼に捕られていた。

「白鳥！　あれ見て！　白鳥だ！」

「でかいサギじゃないの？」とO氏。

「よーく見て！　あれ、白鳥でしょう！」

「本当だ。でも何で海に……？」とS氏。

海に白鳥……。言われるまでもなく疑問であった。

「日本はどうなっちゃっているんだろう。」とF氏。

私達の話し声に気づき早朝散歩に来た人たちもスマホや携帯電話のカメラで彼女を写真に収め始めた。やはり渚を散歩していた人たちにも海にいる、熱海湾に浮かんでいる白鳥は珍しかったに違いない。

空の青、白鳥の白、海の藍。見事な配色である。

「私は向こう側で釣ってみます」

釣果のなかったS氏はそう言って、釣り竿を持って誰もいないムーンテラスの反対側の方に回っていき、釣り始めるのだった。

暫くしてS氏が戻って来て
「今日は駄目ですねぇー。私も白鳥を写してきましょう」

「仕掛けは？」とO氏。

「其の儘にしてあります。どうせ釣れないでしょう。」そう言って白鳥のいる砂浜の方に行こうとした時であった。

「白鳥は見ました？」

ムーンテラス迄散歩に来ていた老婦人から声を掛けられ、

「ええ、大きいですね、綺麗ですね」とS氏。

「さっき白鳥が釣り竿を引いて空を飛んでいきましたよ！」と婦人の言。

「ええっ？」

S氏は慌てて釣りの仕掛けを置いた方に飛んでいき、更にO氏、K氏のどちらに言うでもなく「竿、竿がない!!!」と大声で言い、慌てて砂浜の方に跳んで行った。


O氏F氏共に、S氏は心身共に青ざめていたと思った。早朝の釣行とはいえ、散歩している人たちとは顔馴染みだとは言え、一応禁止行為であり、これで白鳥に何かあったらそれこそ新聞沙汰になるに違いない。

「こっち側から砂浜の方に白鳥を追うから砂浜の方に回ってくれませんか？」F氏が言い終わる前にS氏はハサミをもって飛んで行っていた。F氏は他の釣り場で幾度となく流れてきた釣りウキを、自分の釣り糸と錘を利用して引き上げた経験があった。そしてその方法をここでも試してみようと思った。しかし、白鳥の方が賢明であった。白鳥はF氏がテラスの反対側に回り込み長い竿を構えようとしたとき、それに気づいたらしく海の沖にではなく砂浜の方に向かって泳ぎ、やがて砂浜に上陸したのだった。

S氏は白鳥の後ろ、背中側に回り込み、釣り糸を切り取ってやった。糸は片方の羽か足に絡んでいたらしく、白鳥が飛び立つ助走のときに掛かってしまったようであった。

S氏はというとハサミで釣り糸を切り、リールのついた釣り竿に糸を戻し、更に錘のついた方の糸を手で引き寄せていた。糸の先には二〇センチもありそうなベラが針をくわえていた。

「まいったなぁ……ほんとに……。」

S氏はほっとしたように一息吐いた。

白鳥は暫くの間砂浜を歩き、海上を波も立てずに泳ぎ、そうしてまた砂浜に上がり、人々の写真の被写体になり、日光浴をし、くびすを返し、二、三度大きな純白の両翼を羽ばたかせ、これなら飛べると思ったのか、海面すれすれを飛び、やがて両翼を大きく広げ、悠々と空を飛び、やがて熱海城のある山陵の方角を目指して飛翔していった。

S氏はというと残念ながら白鳥が大きく羽ばたいて熱海城の方角に飛翔していった事を見ることは出来なかった。

「トラウマになりそうでガックリですゎ。暫くは釣りは止めます」

そう言ってS氏はさっさと釣り道具を仕舞い始めるのだった。

取り付く島のないF氏とO氏は
「白鳥は無事だったし……、ベラも釣れたし……、あまり気にしない方がいいよ」

「そう言われても……、気になりますよ。やはり一、二ヶ月は釣りは止めます」とS氏。

しかし何故海に白鳥が……。それも海の上に……？

夢の中のような、羽衣伝説のような「熱海湾に白鳥飛来！」はやがて一つの伝説に育っていくのだろうか？

『今、シジホスの神話のような苦難の中にあっても、かって蓬莱島と言われ、ジパングと言われたこの列島国、日本。根気よく粘り強く頑張れば、そう遠からず必ずやこの国は復活するよ！』

白鳥はそう願って熱海湾に飛来したのかもしれない。

散歩客のカメラに収まり、これなら飛べると思ったのか、海面すれすれを飛びやがて両翼を大きく広げ、悠々と空を飛んで行った白鳥。何とも聡明な、どこか人馴れしている白鳥。

後日F氏がO氏に会ったとき白鳥はコブハクチョウであるとの事であった。そして気流の関係で一碧湖あたりから間違って飛んで来たのだろうとのこと。地方によっては餌付けしている所もあるとの事であった。

S氏は相変わらず釣りは謹慎中であるらしい、との事であった。

※シジホスの神話　作家アルベール・カミュ氏の小説「シシポスの神話」と翻訳する人もいます。ギリシャ神話由来の話です。

二〇二〇年一月一四日

白鳥飛来伝説（四）

伝説になるには何が足りないのだろうか。伝説を伝承説話と定義してみた場合、ここでは白鳥を助けてあげ、白鳥は無事に家族（白鳥の）もとに帰り、やがて数年後には二羽で飛来し、熱海湾の砂浜に上陸、散歩の人や観光客とカメラに納まったり、彼らに愛想を振りまき、翌年には三羽となって舞い降りて何日も滞在した、つまり夫婦白鳥となり、翌年には、子連れ白鳥となって熱海湾に飛来し、観光の一翼を担うようになった。

この様な関係が何年も続いた。人間と白鳥のフレンドシップが確立し、人間と白鳥の適度な距離と緊張が保たれる事となった。

白鳥との関係が日常化するとともに人々はそれを忘れ、やがて白鳥が来なくなってしまった事もいつしか忘れてしまった。

限りなく青空の広がったある日のこと、一人の青年がふと一言いった。

「空の青・海の藍・白鳥の白。熱海の海にマッチするな！」

彼は年配者に尋ね、本を調べその関係を探し訪ねた。やがて素晴らしい関係が有ったらしいことにたどり着きほっと胸をなで降ろした。

このような良好な関係がかって存在したという話がいつしか次第に風化し、時折人々の話題に上ることもなくなってしまった。だが、ついに一人の青年は白鳥がかって熱海に飛来していたことにたどり着いたのだった。

伝説には恩返しや夢のような、行ってみたくなるような国や島の話や、得も言われない愛の物語や悲恋などもあるのだが、動物との良い関係の物語もたくさんあるし心を踊らされるのだが、説話であるからには何らかの教え諭すものが含まれている事と思われる。

ここでは白鳥が恩返しとして、安心して観光業の一翼を担っていたとしたが作家の諸先輩方がどのような話を書き進めてくれるか楽しみである。とはいえ、一般の人々、民間人の巷間で広まった話が集約されて一つの物語となっていくものと思われるが、心温まる美しい物語が育ってくれることを願う次第である。

白鳥飛来伝説（一、二）は二〇一九年一一月中旬に現実にあった白鳥飛来事件である。同（三）は小説風に、同（四）はそれがやがて伝説に変貌していく過程を描いてみたのであるが、興味のある方は現実の一寸した事が小説や伝説に変貌していく面白さを汲み取っていただければと思う。

二〇二〇年一月二日

「横浜カラス」出版に寄せて

この書は「カラス戦争」を組織対組織の争い（戦争）と捉え、その原因となる社会・個人・自由の関係を簡単に述べたもので、現在進行形の新型コロナウイルス感染症について対処すべき問題点を拾い上げ書き記したものです。

「自由とは何か」という事を問い直す作業から始め、そして（自由という言葉）の翻訳が曖昧であった点から再出発、社会とは何かを問い直し、どのように関わるべきなのかを考察しています。


結論から言えば今般の新型コロナウイルス感染症と対峙するために時限立法を提案したものであり、緊急時対応法を指向したものです。

二〇二〇年十月に書き上げ、一部の報道・マスコミ関係者にコピーを送付しました。想定したように日本中で大混乱が起きこれといった解決策も見いだせずにいますが、初動の一歩が間違っていたという事です。特に野党の政治家やマスコミ、マスメディアは何をしていたのでしょうか。

現政権を担う与党は首相がすべての省庁トップを招集し緊急時の為の協力体制を構築すべきであり、省庁傘下の組織（例えば医師会）の強大な組織力に協力を依頼すべきであった。歯科医師会・看護師会・薬剤師会等ワクチン接種の人員不足解消のために参加協力してもらうにも苦労するとは開いた口が塞がりません。この本では早くから学校の保健の教師・先生方にも参加を提案しています。医師会にはコロナ対応病棟の建設ばかり叫んでいないで、先ずは出来る事から迅速に対応を願うばかりです。野党からのこれといった提案の無いのにはあきれるばかりです。刑事罰では重すぎるとはどういう事でしょうか。モラルもコモンセンスもない人々にどのように対応すれば良いのでしょうか。

刑法自体が前世紀の遺物化しつつあります。海外からインターネットで操作（指示）した犯罪が激増しており犯罪もグローバル化が進んでいます。刑のバランスが取れないとはどういう事でしょうか。刑罰が軽すぎると思うのは私だけでしょうか。緊急時法の刑罰は重くても良いのではないでしょうか。私権と自由についても書かれています。じっくりと読んでみて下さい。

営業時間規制を無視して朝まで営業をしている飲食店やクラブその他。何故という問いに従業員の生活を守る為という答が大半ですが、従業員がコロナ感染症に罹災し重症化或いは死亡したら経営者としてどう対応するのでしょうか。

十分とは言えないまでも国がなにがしかの保証をすると確約しています。繋ぎ資金は銀行と相談しては如何でしょうか。またワクチン接種予約の重複取りは厳罰とすべきです。予約出来た者は他の予約を早急にキャンセルすべきです。

一日も速く新型コロナウイルス感染症の騒動が納まる事を願っています。

サハラテツヤ

サハラ テツヤ

昭和 39 年 3 月　千葉県立千葉東高等学校卒業
昭和 40 年 4 月　某私立大学法学部法律学科入学、文学研究会在籍
昭和 44 年 3 月　同　上　　　　　　　　卒業
昭和 50 年頃　　横浜作詩研究会「いちい」在籍
　　　　　　　　サハラテツヤ名で作品掲載
昭和 60 年頃　　建築設備関連の会社を経営
現在、横浜市在住

主な作品
小説「哀愁のメヒコ」（紙書籍　風詠社／電子書籍　学術研究出版）
メキシコに興味のある方は是非読んで頂ければと思います。
ＣＤ「さよならレィニーステーション」（Ｐ＆Ｍミュージックラボ）

横浜カラス ― 二つの自由について ―
小論集 ― COVID-19対処法・予言を含む ―　横浜カラス ― カラス戦争 ― に寄せて
熱　海 ― ショートストーリー ―

2021年11月24日　初版発行

著　者　サハラテツヤ
発行所　学術研究出版
〒670-0933　兵庫県姫路市平野町62
［販売］Tel.079(280)2727　Fax.079(244)1482
［制作］Tel.079(222)5372
https://arpub.jp
印刷所　小野高速印刷株式会社

ISBN978-4-910415-95-6